L'AMOUR FOU
DE DIEU

DU MÊME AUTEUR

L'Art de l'icône : théologie de la beauté
Desclée de Brouwer, 1970

Dostoïevski et le Problème du mal
Desclée de Brouwer, 1979

La Nouveauté de l'Esprit : Études de spiritualité
Textes Monastiques, 1979

Sacrement de l'amour
Desclée de Brouwer, 1980

Le Buisson ardent
Lethielleux, 1981

Gogol et Dostoïevski
Desclée de Brouwer, 1984

La Prière de l'Église d'Orient
Desclée de Brouwer, 1985

Le Christ dans la pensée russe
Cerf, 1986

La Connaissance de Dieu
selon la tradition occidentale
Desclée de Brouwer, 1988

L'Orthodoxie
Desclée de Brouwer, 1990

Les Ages de la vie spirituelle :
des pères du désert à nos jours
Desclée de Brouwer, 1995

La Femme et le Salut du monde
Desclée de Brouwer, 1996

Paul Evdokimov

L'AMOUR FOU
DE DIEU

Éditions du Seuil

ISBN 2-02-031202-6
(ISBN 2-02-003201-5, 1ʳᵉ publication)

© Éditions du Seuil, 1973

Le Code de la propriété intellectuelle interdit les copies ou reproductions destinées à une utilisation collective. Toute représentation ou reproduction intégrale ou partielle faite par quelque procédé que ce soit, sans le consentement de l'auteur ou de ses ayants cause, est illicite et constitue une contrefaçon sanctionnée par les articles L.335-2 et suivants du Code de la propriété intellectuelle.

Paul Nicolaïevitch Evdokimov, né le 2 août 1901 à Saint-Pétersbourg dans une famille aristocratique, perçut très tôt le grand travail qui ébranlait la Russie : son père, officier supérieur, fut tué par un soldat en 1907. Selon l'habitude de son milieu, le jeune garçon fit ses classes à l'École des Cadets, mais sa mère l'habitua à y ajouter de longues retraites de vacances dans les monastères. En 1917, au commencement de la Révolution, la famille gagna Kiev, lui-même y entama des études de théologie. La guerre civile se développant en Ukraine, il entra dans les rangs de l'armée blanche et combattit pendant presque deux ans. Puis ce furent la défaite, l'exil à Constantinople, l'arrivée à Paris en 1923, l'apprentissage de cent métiers divers : chauffeur de taxi, aide-cuisinier, laveur de wagons, ouvrier de nuit chez Citroën. Mais toutes ces tâches n'effaçaient pas le goût de la réflexion et le jeune émigré trouva le temps et la force d'obtenir une licence de philosophie en Sorbonne puis, avec l'aide d'une bourse, une licence de théologie au tout nouvel Institut Saint-Serge où il connut notamment le P. Serge Boulgakov.

Années de lente maturation avec, surtout, la rencontre du philosophe Nicolas Berdiaev, lentes années où peu à peu se dessinèrent des certitudes : certitude de la signification providentielle de l'émigration russe dont il fallait, selon ses mots, « *voir le sens spirituel profond, le déchiffrer*[1] » ; certitude que l'Orthodoxie devait y trouver une occasion essentielle de sortir de son isolement et de rencontrer l'Occident chrétien ; certitude enfin d'avoir sa partie à tenir, comme théologien laïc dans ce grand témoignage – sans se dérober à une forme d'action dont l'expérience lui était venue avec la responsabilité du premier secrétariat de l'association des étudiants chrétiens russes.

Certitudes nettes et vagues tout à la fois, confuses lumières dont on vit avec confiance, mais qu'on s'explique mal, comme souvent lorsqu'il s'agit de s'inventer un chemin dans l'ordre spirituel. D'ailleurs, avant d'entrer dans l'engagement public, il convenait de travailler encore, de méditer, de progresser dans le silence et la paix d'un demi-effacement. Dès 1928, un long séjour dans le Midi y pourvut, mis à profit pour préparer une thèse de philosophie sur Dostoïevski et le Problème du mal, *soutenue à Aix-en-Provence en 1942*.

Alors s'enfle le bruit du monde en guerre, s'achève le temps de la méditation. Il faut agir, il y a des malheureux pourchassés à secourir, d'innombrables « personnes déplacées » (selon l'euphémisme alors en usage) à accueillir. Paul Evdokimov participe, avec des amis protestants, aux efforts de la Cimade[2]. En 1946-47, il en dirige la maison d'accueil aux réfugiés installée à Bièvres, près de Paris ; jusqu'en 1968, il aura la charge du foyer d'étudiants que le même organisme crée à Sèvres, puis transfère en 1962 à

---

1. « Quelques jalons sur un chemin de vie », dans le volume collectif *Semences d'unité*, Casterman, Paris, 1965, p. 83 s.
2. Comité inter-mouvements d'aide auprès des évacués.

Massy. Il a raconté comment il comprenait ses fonctions : « *Comment définir ma tâche qui touchait au pastoral ? Je sentais qu'elle constituait un ministère et s'adressait exactement à mon sacerdoce universel. J'étais profondément mis en cause ; les âmes, leur souffrance m'interrogeait, faisait de moi un témoin, un confident, un intercesseur*[3]. »

La réflexion continue naturellement à soutenir son action caritative. A partir de 1957 paraît le gros de son œuvre théologique, dans le même temps ses charges d'enseignement se multiplient (dès 1953 à l'Institut Saint-Serge, à partir de 1967 à l'Institut d'études œcuméniques). Il s'y ajoute une large participation aux travaux et aux assemblées du Conseil œcuménique des Églises. Son influence grandit non seulement dans le monde orthodoxe, mais parmi les chrétiens d'Occident. Ainsi il assiste, en qualité d'observateur orthodoxe, à la troisième session du concile Vatican II.

Et les livres se succèdent, reprenant, approfondissant l'analyse de thèmes qui lui sont chers : le rôle de médiatrice de la femme, le « *monachisme intériorisé* » *ouvert à tous les laïcs, la place centrale de l'Esprit, la signification de l'icône dont la mystérieuse beauté est le reflet de la gloire divine. Il meurt soudainement le 16 septembre 1970 à Meudon, laissant de nombreux articles dispersés dans des revues d'accès difficile*[4].

Quelques-uns de ces textes sont ici réunis, consacrés à décrire ce chemin de l'amour de Dieu ouvert à

---

[3]. « Quelques jalons sur un chemin de vie », *op. cit.*, p. 86.
[4]. On peut consulter une analyse détaillée de la vie et de l'œuvre de Paul Evdokimov, due à Olivier Clément, ainsi qu'une large bibliographie dans *Contacts*, t. XXIII, 1971, n° 73-74 (numéro spécial intitulé *Paul Evdokimov, témoin de la beauté de Dieu*).

tous, à travers l'action, la culture, le grand ennui qui ronge le monde présent ou la crainte de la mort. Autant d'interrogations, autant de possibilités d'entrer dans une vie renouvelée par la foi au Christ, pourvu qu'on en accepte la lumière et l'image précieuse conservée dans l'Évangile. Nourries de l'héritage patristique et des grands spirituels d'Orient, enrichies de la substance symbolique de la liturgie orthodoxe, ces pages dessinent, à leur façon discrète, le portrait d'un homme moins désireux, selon ses propres mots, de « parler de Dieu » que de « se laisser devenir celui en qui Dieu se raconte ». On y entend l'écho voilé d'une expérience mystique qui se révèle à son insu, et plus encore peut-être, comme une basse profonde, cette grande pitié de l'âme russe devant la misère des hommes : « Oui, que tous soient sauvés... » Avec une sorte d'humilité poétique et dépouillée, Paul Evdokimov a porté cette ferveur et cette espérance sans faiblir [5].

LUCE GIARD

---

5. Le lecteur trouvera à la fin de l'ouvrage avec un lexique des mots techniques un index des personnages cités, propres à la tradition orientale, et qui comporte des indications bibliographiques. Nous remercions M. Olivier Clément qui a bien voulu établir ces deux annexes.

I

L'AMOUR FOU DE DIEU ET LE MYSTÈRE DE SON SILENCE

1. LE FAIT DE L'ATHÉISME.

La souffrance des innocents présente un dossier lourd où le silence de Dieu et l'absence de son intervention s'érigent en preuve d'un échec. Gœtz chez Sartre lance son cri : « Est-ce que tu m'écoutes, Dieu sourd ? » Si Dieu se tait, comment l'homme pourrait-il l'écouter ? Le silence de Dieu dans l'histoire n'est-il pas signe de son absence, bien plus, de son inexistence ? Toutes les « promesses inaccomplies » parlent de l'inefficacité existentielle de la religion.

A l'âge adulte, l'esprit critique réfléchit sur le destin de l'homme et découvre dans ses aspirations religieuses un alibi de ses propres défaillances. Travaillé par sa solitude et par des problèmes insolubles, l'homme exerce une fonction fabulatrice, invente Dieu, en fait le « bouche-trou » des ignorances humaines et lance l'hypothèse d'une explication finale dans l'au-delà. Jeté dans un monde hostile et absurde en apparence, l'homme démissionne et cherche à s'évader vers des rivages plus consolants. Rêverie affective et peur devant le réel déterminent une attitude de fuite dont parle Freud, fuite vers le sein maternel, vers l'archaïque et le prélogique : « Je suis comme un enfant dans le ventre de sa mère, et je ne désire point naître. Je m'y trouve suffisamment au chaud », avoue l'écrivain russe Rosanov.

Dieu apparaît comme une projection de l'image d'un « Père bonasse » qui protège l'homme du risque, de l'affrontement du réel et des options viriles. C'est un Dieu « utile », solution aux situations limites et assurance sur l'éternité dans le sens du pari de Pascal. De la juxtaposition de ce monde et de l'autre résulte une perte de l'énergie nécessaire pour construire la cité des hommes ; le christianisme n'est-il pas, selon l'ironique parole de Nietzsche, « un platonisme pour le peuple », ce fameux opium qui console et émousse les responsabilités bien précises de la vie ici-bas ?

Il faut reconnaître l'avance massive de l'athéisme, devenu un fait mondial qui détermine le nouveau visage de notre époque en pénétrant tous les secteurs de la vie publique. La structure mentale et affective de notre ère est spécifiquement athée. Au lendemain de la guerre, à Genève, Sartre déclarait : « Messieurs, Dieu est mort. » Dès lors, « l'athéisme est un humanisme » ; Dieu, pour quoi faire ? « Dieu est mort, donc l'homme est né », dit Malraux. « La conscience morale meurt au contact de l'absolu », ajoute Merleau-Ponty ; la vraie dignité humaine oblige à « passer du ciel des idées à la terre des hommes ».

La pression du milieu social et de la culture sécularisée est telle que la religion n'intéresse, tout simplement, plus l'homme. « Qu'il y ait quelqu'un au fond du ciel ne concerne pas l'homme », affirme Simone de Beauvoir ; « Dieu ? je n'y pense jamais », avoue tranquillement Françoise Sagan...

La motivation essentielle s'enracine dans le sens

premier de la vie, dans son apparente absurdité. Bergman, dans ses films, transpose le silence de Dieu aux relations humaines. Dans *Jeux d'été*, Maria, qui a perdu son fiancé lance le défi : « Si Dieu ne s'intéresse pas à moi, moi non plus je ne m'intéresse pas à lui. » Chez Antonioni, le monde est définitivement clos ; dans *Blow-Up* tout apparaît pour un instant comme pétrifié, immobilisé par l'objectif de la caméra et disparaît aussitôt en laissant l'homme à sa solitude peuplée d'illusions.

Dans la mentalité moderne, dans un monde postchrétien, désacralisé et sécularisé, Dieu n'a pas de place et l'Evangile ne fait plus choc. Le spectacle des croyants n'émerveille personne, il n'arrive rien dans ce monde, il n'y a même pas de miracle. La foi religieuse apparaît comme un stade infantile de la conscience humaine, remplacée avantageusement par la technique, la psychanalyse et la solidarité sociale.

La civilisation actuelle ne se dresse point contre Dieu, mais forme une humanité « sans Dieu ». Comme disent les sociologues, « l'athéisme s'est massifié » sans passer par aucune rupture. Les êtres vivent à la surface d'eux-mêmes où, par définition, Dieu est absent. Devenir athée aujourd'hui, c'est moins choisir, encore moins nier, que se laisser aller pour être comme tout le monde. Etre religieux, indifférent ou athée, c'est après tout, pour l'homme moyen, une question de tempérament, ou plus souvent encore d'option politique.

2. LES INSUFFISANCES DE L'ATHÉISME.

L'athéisme avance un argument classique : la connaissance de Dieu présuppose le don de la foi et un athée ne l'a pas. Or, la parole de l'Evangile : « La lumière du Christ illumine tout homme venant en ce monde » (Jn 1, 9) répond à cette objection et signifie que le simple refus de conférer à la raison le pouvoir exclusif de toute connaissance opère une ouverture de l'esprit humain, capable au moins de pressentir le mystère du « tout Autre ». Selon Pascal la rupture de l'équilibre vient de « deux excès, exclure la raison, n'admettre que la raison », et Chesterton dans *la Sphère et la Croix* note que « le fou a tout perdu, sauf la raison ». Si on garde la seule raison et si on refuse l'intuition, l'imagination et le surconscient contemplatif, la négation de Dieu se place uniquement sur le plan objectivé des concepts. Une pareille abstraction cérébrale n'atteint jamais la sphère du Transcendant, l'Etre vivant de Dieu. Elle ne nie, tout au plus, qu'une doctrine théologique, qu'un système philosophique, qu'un concept, ce qui est sans aucun intérêt, puisque en deçà du mystère divin.

L'athéisme de fait, invertébré, mais pratique, n'a aucun contenu métaphysique propre, aucune explication constructive suffisante de l'existence. C'est pourquoi l'athéisme académique ne se situe plus au terme de la réflexion, mais à son départ comme une affirmation gratuite. La contestation philosophique n'intervient qu'*a posteriori* pour justifier les positions, invoquer un alibi.

Dans cette ambiance, l'antique inquiétude devant la mort ne dit plus rien à l'homme plus soucieux des questions politiques et économiques. Prenant[1] écrit : « Il m'est arrivé bien des fois

---

1. *Rencontres internationales de Genève*, 1947, p. 377.

d'être en imminent danger de mort, et jamais je n'ai songé un seul instant à l'immortalité de l'âme. » Affaire de tempérament, mais qui reflète aussi une mentalité sécularisée à l'extrême.

Ainsi simplifié, allégé de toute investigation métaphysique en pénétrant les masses, l'athéisme scientiste s'efforce de rendre compte du monde sans faire intervenir les dieux. En déchiffrant les secrets de la nature, l'homme ne prouve nullement que Dieu n'existe pas, il cesse d'éprouver le besoin de Dieu.

Une certaine difficulté vient de l'éthique. C'est le problème du fondement moral et de ses impératifs. C'est aussi, en suivant la psychologie des profondeurs, la résistance du subconscient à tout ordre de la volonté, ce que saint Paul a formulé à sa manière : « Je veux faire le bien et je fais le mal. » Selon Simmel, le moralisme légaliste de Kant, l'échec de son éthique autonome conditionnent l'amoralisme de Nietzsche. L'amertume profonde des dernières œuvres de Freud témoigne de l'écroulement de son utopie humaniste. Dans sa *Critique de la raison dialectique*, Sartre avoue : « Je n'aboutis à rien, ma pensée ne me permet pas de construire quelque chose... »

Après l'échec sur le plan subjectif, le problème moral se déplace vers une formule sociale. La thèse de Feuerbach *(homo homini deus est)* veut dire : si l'homme n'est qu'un individu, l'ensemble humain est divin. De même, pour Francis Jeanson, l'homme n'est rien, l'ensemble peut tout. Mais si l'individu est un zéro, la somme des individus peut-elle s'avérer divine, ne serait-elle pas plutôt le Zéro majuscule ?

Le cercle fermé de la condition humaine n'est

dépassé que par la conception nettement « mystique » du marxisme, par sa religion substitutive de la non-religiosité. Selon sa doctrine, l'athéisme militant n'appartient qu'à la phase préliminaire de la lutte, par contre « le socialisme intégral n'aura plus besoin de la négation de Dieu [2] », il se situera au-delà de l'antithéisme. Il supprimera les conditions mêmes qui ont permis l'accès à cet état de plénitude et, avec elles, tout retour dialectique en arrière et donc toute vérification possible de son propre fondement. Tout comme Dieu, l'homme absolu ne pourra plus poser de questions sur sa propre réalité.

Ainsi la négation de Dieu dans le marxisme est utilitaire pour un moment donné, afin de former la conscience révolutionnaire des prolétaires et, par conséquent, à aucun autre moment, cette négation n'est valable en elle-même. La coupure entre le droit et le fait rend impossible d'en appeler de l'un à l'autre, et ce manque flagrant de vraie dialectique prive la démonstration marxiste de tout pouvoir de conviction philosophique. Le marxisme résout le problème de Dieu sans l'avoir jamais correctement posé et le remplace par son Credo : « Je crois en la matière suffisante en elle-même, infinie, incréée et mue d'un mouvement éternel » ; philosophiquement, la notion de l'automouvement est une des plus absurdes.

Les doctrinaires, au comble de leur optimisme simpliste, ne veulent pas savoir combien l'athéisme est difficile, tragique, inconséquent. Péguy le dit : « En vérité, il faut se faire violence pour ne pas croire... » Seule la démythisation systématique de

2. K. Marx, *Gesamtausgabe*, I/III, p. 125.

l'athéisme pourrait le rendre un peu moins sûr de l'inexistence de Dieu.

La philosophie existentialiste paraît plus nostalgique qu'agressive. « L'homme est un dieu impuissant », dit Heidegger. Le rigorisme kantien sartrisé intervertit avec le même insuccès l'argument ontologique : Dieu contredit l'absolu de l'exigence éthique, donc Dieu ne doit pas exister.

Tout athéisme qui n'obéit pas à sa propre loi immanente, à l'absence de certitude absolue, faute de l'Absolu justement nié, devient une négation illicite. Pour parer à cette défaillance, il construit son propre mythe. Sa logique interne le fait passer à l'anti-théisme militant qui dénote un état passionnel, nettement pathologique. La Bible offre une vision lucide qui démontre que ce n'est point la religion qui opère l'aliénation de l'esprit humain, mais l'athéisme. Ne pas croire, selon l'étymologie du terme hébraïque, c'est ne pas dire *amen* à Dieu, c'est refuser son existence. Nous avons ici un diagnostic médical : « L'insensé dit en son cœur : il n'y a point de Dieu. » (Ps 14, 1) — « L'athéisme, cette folie d'un petit nombre », disait saint Augustin. Depuis, il s'impose par sa massive quantité. Si pour les psychologues, la folie est la perte de la fonction du réel, l'athéisme est nettement la perte de la fonction du réel transcendant.

Selon saint Jacques, « les démons croient et tremblent » (Jc 2, 19), tremblent car ils croient s'opposer à Dieu. Ce n'est pas à Dieu qu'ils s'opposent en réalité, mais à un objet de leur imagination, Dieu ne saurait jamais être *connu* ainsi comme un Ennemi ou un Adversaire. Selon la prière de Manassé, « Dieu a fermé l'abîme des démons », ceux-ci se trouvent enfermés dans l'absence de Dieu. L'homme peut s'enfermer lui-même dans la même absence du Transcendant et la vacuité tragique de son cœur l'enfonce dans sa négation de Dieu de plus en plus violente et insensée.

3. LES INSUFFISANCES DU CHRISTIANISME HISTORIQUE.

Les grands théologiens avec les pères du concile Vatican II disent que la théologie des derniers siècles a perdu le sens du mystère, s'est constituée en spéculation abstraite *sur Dieu* et a cessé d'être pensée vivante *en Dieu*. Marcel Moré le dit à sa manière : « La parole de gens qui ont trouvé moyen de s'asseoir, on ne sait comment, d'une manière confortable sur la Croix, ne peut plus avoir aucune résonance... »

Pour Renan dans sa *Prière sur l'Acropole*, les religions sont mortelles. On peut ajouter que les systèmes théologiques sont aussi mortels et c'est le sens de la formule qui parcourt aujourd'hui le monde : « Dieu est mort. » C'est le Dieu d'une certaine théologie qui est mort, c'est la mort de la conception courante de Dieu comme un objet quasi physique situé à la périphérie de l'espace cosmique, pure extériorité et par cela Maître redoutable.

Saint Cyrille d'Alexandrie a remplacé la dialectique grecque : Maître-esclave par celle de l'Evangile : Père-fils. Or encore aujourd'hui, F. Boulard dans son enquête sur les *Problèmes missionnaires* cite l'aveu d'un prêtre : « Mes chrétiens... considèrent Dieu comme un Dieu lointain, à qui il faut se soumettre autant qu'on le peut, non pas par amour pour lui, mais par crainte de tomber en enfer. Dieu n'est pas le Père... Non, Dieu est celui qui a posé les dix commandements négatifs : Tu ne feras pas. Conclusion : *Dieu est celui qui empêche d'être heureux.* » Dans une autre enquête publiée dans *Réalités :* « Dieu, c'est triste, dit un ingénieur, c'est tout ce qu'on n'a pas le droit de faire. C'est des endroits sombres avec des petites bougies, des femmes avec des oripeaux, des interdictions chez les jésuites... »

L'idée bien fausse que la chrétienté elle-même se faisait de Dieu a fortement durci la révolte des hommes hors de l'Eglise. L'image de Dieu s'est trouvée bloquée avec l'image du roi terrestre et de ses attributs : dignité, majesté, puissance. Au Moyen Age, les peuples furent convertis souvent en bloc comme des communautés politiques, sur l'ordre de leurs princes et à la pointe de l'épée. L'idée de Dieu devint garante de l'édifice social et politique. L'incroyance du XVII° siècle s'affirma devant le scandale d'un Dieu imposé et de la religion forcée.

Dans la théologie d'école, on voit une pétrification de l'éternité divine qui surplombe l'avenir comme un perchoir au-dessus du temps. Les philosophes posent des questions troublantes : si tout est décidé d'avance, pourquoi prier, à quoi bon demander ? La gratuité du salut, ce mystère merveilleux de l'Amour de Dieu que la Réforme lit dans la Bible et chez les Pères, une fois posé, hélas, en termes de causalité et une fois conceptualisé, devint la terrible doctrine de la double prédestination. Si de nos jours, on essaye de la corriger, en parlant du salut de tous et en démontrant qu'un seul est coupable — Dieu lui-même —, alors on ne voit pas à quoi sert l'homme...

L'AMOUR FOU DE DIEU

Toute méconnaissance de la liberté du choix — *compelle intrare*, «force-les à entrer», de saint Augustin — justifie fatalement l'Inquisition et la politique du glaive. On oublie la parole de saint Jean Chrysostome : « Celui qui tue (ou force) un hérétique accomplit un péché inexpiable. » C'est le «cauchemar du Bien imposé», or tout Bien imposé se convertit en Mal. Le christianisme officiel apparaît comme une religion de la loi et du châtiment qui se traduit par des interdits ou des tabous sociaux. Ses formes dominatrices sont dénoncées par Freud sous le nom de «Père sadique». La régression judaïsante oublie la Trinité, sa paternité *sacrificielle* qui ne domine pas mais engendre la liberté ; cette régression présente Dieu sous la figure du Juge jaloux, Justicier redoutable et terrorisant qui prépare de toute éternité l'enfer et le châtiment. Les hommes, avec raison, redoutent de se laisser aliéner ; la théologie pénitentiaire des interdits et des enfers, religion «terroriste», est une des causes de l'athéisme actuel.

D'autre part, face à la conception scientifique, même dans un milieu croyant, Dieu se trouve exilé au ciel. On l'a rendu, ô comble, ennuyeux, moralisant, à l'image de l'homme moyen. La seconde naissance dans la lumière du Ressuscité, le jaillissement de la nouvelle créature se sont trouvés remplacés dans l'histoire par l'institution hiérarchique de l'Eglise, vidée de tout «événement» car posée en termes d'obéissance et de soumission. C'est pire que le «monde clos» dont parle Bergson. C'est le «ciel clos» de la médiocrité chrétienne.

4. L'ATHÉISME : EXIGENCE DE PURIFICATION DE LA FOI.

Kurt Marek, l'un des tenants de la mort de Dieu, dit dans ses *Notes provocatrices :* « L'athéisme qui a été autrefois la crête écumeuse de la vague du progrès ne connaît plus de vogue. Depuis quelque deux générations, être athée paraît arriéré... »

Le dépassement de l'athéisme dans l'élite intellectuelle, même peu étendu pour le moment, s'affirme toutefois sur le plan qualitatif de l'esprit. Le poète Mandelstam, en Union soviétique, déclare : « De nos jours, tout homme cultivé est chrétien. » Les jeunes intellectuels en Russie, après une sursaturation idéologique, cherchent le sens personnel de la vie, aspirent à cette « révolution de la personne et de l'esprit » que prêchait Berdiaev. Ils réagissent contre tout ritualisme figé et portent une profonde soif de l'infini et du transcendant. Les plus grands savants russes disent très simplement que la vraie science conduit inéluctablement à l'interrogation religieuse. En attendant un nouveau saint Paul devant les Athéniens (Ac 17, 22 s.), ils ont même formulé une prière étonnante au « Dieu inconnu »...

Un réel respect de la part des spécialistes pour la compétence des autres rend caduque toute opposition entre science et religion. La science ne pèse nullement sur l'option métaphysique d'un savant qui par définition répugne à l'absurdité. Mais si *intérieurement* le monde est plus que jamais proche du Transcendant, la soif spirituelle des hommes, là où les problèmes se posent au niveau d'une vision globale du monde, devient plus exigeante.

L'obstacle vient de la masse amorphe des croyants. Ce ne sont pas tant les chrétiens qui vivent dans un monde athée que l'athéisme qui vit à l'intérieur des chrétiens. Il n'y a pas de noyau autour duquel s'agglutine une ignorance plus épaisse que l'idée de Dieu dans ce milieu moyen. C'est pourquoi, selon Lagneau, « l'athéisme est le sel qui empêche la croyance en Dieu de se corrompre[3] » et pour Simone Weil, l'athéisme purifie l'idée de Dieu de tout contexte sociologiquement et théologiquement périmé et pose l'exigence d'une « sainteté qui ait du génie ».

Une pareille épuration postule un « dialogue œcuménique » avec l'homme athée, qui n'a jamais abordé le contenu vivant de la foi dont les expressions historiques sont mises en question. Si l'assise religieuse constitue tout le passé de la civilisation, elle ne constituera l'avenir qu'à condition de dépasser tout mode représentatif auquel l'homme moderne se sent étranger. Notre époque attend la promotion adulte de l'homme et refuse toute reconnaissance de Dieu qui ne soit en même temps reconnaissance de l'homme et en lui d'une épiphanie de Dieu, et c'est le désir de Dieu lui-même, le sens de son Incarnation.

L'eschatologie biblique est qualitative, elle qualifie l'histoire par *l'eschaton* (l'ultime) et brise toute conception close et statique. C'est le thème très riche de *l'exōde*. « Abraham partit sans savoir où il arriverait » (He 11, 8) et sans retour possible

---

3. « Cours sur Dieu », dans *Célèbres leçons et fragments*, Paris, P.U.F., 1964[2], p. 284.

à son point de départ: « Celui qui regarde en arrière n'est pas propre au Royaume de Dieu » (Lc 9, 62). Le temps biblique brise le temps cyclique des retours éternels, Ulysse revenant à la fin auprès de Pénélope. « Je suis le chemin, la lumière, le pain », ces noms du Seigneur résument l'exode d'Israël nourri par la manne et conduit par la colonne de feu vers la terre promise. Mais maintenant, en Christ, c'est toute l'histoire qui prend la figure de l'exode centrée sur l'*homo viator*. L'Eglise en situation historique est l'Eglise de « la diaspora », communauté eschatologique en marche vers le Royaume, vers sa propre plénitude et par cela justement *à travers la cité terrestre*. Un manque de présence au monde est identiquement un manque de foi évangélique.

L'actualité du message chrétien ne peut venir que de l'Eglise engagée comme un partenaire eschatologique à l'intérieur du monde et de l'expérience de l'homme d'aujourd'hui. La vie historique n'est jamais un moyen pour le siècle futur; si le monde est finalisé par le Royaume, c'est parce que le Royaume est déjà « au milieu des hommes ».

Le *Deus ex machina*, compensation aux faiblesses et manques de l'homme, est bien mort. Mais il est présent en tant que source créatrice, là où l'homme est maître de lui-même. Dieu saisit l'homme là où il est fort et puissant et c'est pourquoi l'Evangile doit être présent dans toutes les décisions et risques de la condition humaine.

L'Eglise n'a pas à prendre en charge les tâches précises de la cité, mais la conscience chrétienne est invitée à agir pleinement même dans les applications les plus techniques. La politique, l'économie, le développement sont les sphères communes des croyants et des incroyants. Immense tâche de finaliser le monde par la « catholicité » qualitative de tous, d'ensemencer la culture par la lumière du Thabor. « Il y a de la lumière à l'intérieur d'un homme de lumière, et il illumine le monde entier. » Une enquête récente en Russie rapporte la parole d'un jeune croyant : « Le christianisme est partout, il est au cœur même de l'existence, dans le sacré de la maternité, dans l'exploit de la vie quotidienne, dans la gratuité de l'amour et de l'amitié... »

Toute ascèse privée de charité, qui n'est pas le « sacrement du frère », est vaine, disent les grands spirituels. Parlant de l'eucharistie, saint Jean Chrysostome dit : « C'est ici la même chambre haute où les disciples étaient alors ; c'est d'ici qu'ils partirent pour le mont des Oliviers. Partons-en nous aussi pour aller trouver *les mains des pauvres,* car elles sont notre "mont des Oliviers". Oui, la multitude des pauvres est comme un bois d'oliviers semés dans la maison de Dieu. C'est de là que s'écoule cette huile qui nous sera nécessaire pour aller comme des vierges sages avec des lampes pleines au-devant de notre Epoux... »

L'Eglise des temps derniers offrira à celui qui a faim non pas les « pierres idéologiques » des systèmes, ni les « pierres théologiques » des catéchismes, mais le « pain des anges », et « le cœur du frère humain offert en nourriture pure », selon la belle parole d'Origène[4].

---

4. *Hom.* 7, *in Lev.*

5. LA RÉPONSE CHRÉTIENNE.

1. *Théologie négative et Symbole.*

On constate partout une remise en cause des fondements ; maints théologiens ne savent plus très bien en quoi ils croient. A force de démythiser, on vide le christianisme de son contenu évangélique. Dépasser une cosmologie périmée à trois étages n'est pas difficile ; l'essentiel consiste à ne pas toucher à l'absolue altérité des vérités transcendantes à tout processus naturel. Le courant électrique n'a rien à voir avec la réalité des miracles. La Croix reste scandale et folie et il faut l'accepter comme expression très exacte des vérités de foi dans l'histoire. « Sous prétexte de "lumière", disait saint Séraphin[5], nous nous sommes engagés dans une obscurité d'ignorance telle qu'aujourd'hui nous trouvons inconcevables les manifestations de Dieu aux hommes conçues par les anciens comme des choses connues de tous et nullement étranges... »

L'insistance de Tillich sur la rencontre de Dieu dans la dimension horizontale, le refus de Robinson d'appliquer à Dieu les catégories spatiales, la démythologisation de Bultmann expriment les multiples réactions contre les théologies qui ne laissent plus passer l'Evangile dans un monde désacralisé et sécularisé, dans une culture radicalement immanentiste. Ces réactions, fondées dans leur critique, sont en même temps inefficaces par

---

5. Voir, en fin de volume, l'index des personnages cités, propres à la tradition orientale *(N.d.E.)*.

la méconnaissance de la théologie négative (apophatique).

Par la voie négative, les Pères enseignent que Dieu est incomparable dans le sens absolu, aucun nom ne l'exprime adéquatement. *Adonaï* remplace le nom indicible de Dieu, *Yahvé* est le Nom qui ne peut être dit. La théologie positive classique n'est pas dévaluée mais placée devant ses propres limites. Elle ne s'applique qu'aux attributs révélés, manifestations de Dieu dans le monde. Elle les traduit en mode intelligible, mais ces traductions restent des expressions chiffrées, symboliques, car la réalité de Dieu est absolument originale, transcendante et irréductible à tout système de pensée. Autour de l'abîme abyssal de Dieu, l'épée flamboyante des chérubins avait tracé un cercle infranchissable de silence.

La voie négative n'est pas une voie négatrice, elle n'a rien de commun avec l'agnosticisme car « négativité n'est pas négation ». Elle n'est pas non plus un simple correctif et rappel de prudence. Au moyen de ses négations elle conduit à une hyper-connaissance mystique et à une saisie très paradoxale de l'Inconcevable. Par une « approche intuitive, primordiale et simple », elle connaît par-delà toute intelligence. Le plus important de cette méthode c'est qu'elle est un dépassement, mais qui ne se détache jamais de sa base historique et biblique, elle n'est pas l'iconoclasme de l'art abstrait ; plus haut est dressée la verticale de la transcendance et plus elle est enracinée dans l'horizontale de l'immanence. L'essentiel de cette voie est de placer l'esprit humain dans *l'expérience génératrice de l'unité,* tout comme le mystère de l'union eucharistique. Plus Dieu est inconnaissable dans la transcendance de son *Etre* et plus il est expérimentable dans sa proximité immédiate en tant qu'*Existant*. Or, justement, le problème actuel n'est pas celui de l'Etre de Dieu ni même de son existence, mais celui de sa Présence en tant qu'Existant dans l'histoire des hommes.

Quand les Pères touchent aux mystères, ils ressentent l'impuissance des mots et recourent aux expressions antinomiques et aux symboles. Ainsi « on espère ce qui existe déjà » ou « on se souvient de ce qui vient » ou encore on se désaltère au « puits d'eau vive ». Aujourd'hui, sous l'impulsion des grands philosophes et de la psychologie des profondeurs, le symbole devient une dimension de la pensée d'avant-garde. La formule profonde de Paul Ricœur, « l'espérance est la même chose que la réminiscence », s'éclaire à la lumière du symbole dans le sens patristique, toute espérance est épiphanique.

Le *symbole* (du mot grec « mettre ensemble ») implique le rassemblement de deux moitiés : le symbolisant et le symbolisé. Il exerce la fonction expressive du sens et, en même temps, se pose en réceptacle expressif de la présence, il est alors épiphanique, il témoigne de l'avènement du Transcendant.

La liturgie est centrée sur la descente de l'Esprit Saint, sur l'épiclèse[6] qui rend l'anamnèse *épiphanique*, c'est-à-dire rend présent l'événement remémoré. C'est pourquoi le seul argument efficace pour l'existence de Dieu est l'argument liturgique par l'adoration orante. La prière témoigne de celui

---

6. On trouvera, à la fin du volume, un lexique des mots techniques *(N.d.E.)*.

qui l'écoute. Cela est important, car les défaillances subjectives d'un croyant ne touchent point la valeur objective de sa foi. Le vrai sujet de la foi n'est pas l'individu isolé mais son « moi liturgique », lieu transsubjectif de la foi-révélation. Certains exégètes modernes [7] traduisent ainsi *Genèse* 2, 15 : « Yahvé Elohim prit l'homme et l'installa dans le jardin d'Eden *pour le culte* et pour la garde. » Dans ce symbolisme prononcé, le paradis est assimilé à un sanctuaire et le premier homme est *son gardien sacerdotal :* dans ses origines il est un *être liturgique*.

La prédication est inséparable de la liturgie. Selon Bultmann, Jésus est ressuscité dans le kérygme (proclamation du salut). Mais la Résurrection n'a aucun sens sans l'événement historique, en aucun cas elle n'est une vision subjective de saint Paul par exemple. En refusant avec Bultmann toute *objectivation* de ce mystère, il faut sauvegarder son *caractère objectif* de fait total. La résurrection est dans le kérygme, mais le kérygme est dans l'eucharistie. Celle-ci est le Mémorial vivant de la Résurrection et pour cela la proclamation la plus immédiate car elle y intègre totalement tout communiant et fait de tous la « synaxe des immortels ». Saint Irénée le dit : « Notre doctrine est conforme à l'eucharistie et l'eucharistie la confirme [8]. » L'événement passé vaut encore plus aujourd'hui. Saint Isaac dans ses *Sentences* précise que le seul vrai péché c'est d'être « insensible au Ressuscité » *(Sent.* 118). Quelle étonnante prophétie venant du VIIe siècle et qui

---

7. M.J. Stiassny, « L'homme devait-il travailler au paradis ? », dans *Bible et Vie chrétienne,* n° 77, p. 77.
8. *Adv. haer.,* IV, 18, 5.

porte jugement sur l'indigence de tout esprit critique dirigé contre la réalité historique de la Résurrection du Christ.

La théologie apophatique et la notion de symbole sont les clefs de voûte pour tout dialogue œcuménique, pour tout dialogue avec le monde aussi. Cette approche est la plus efficace pour « dépétrifier » la théologie actuelle et éviter toute rupture entre la verticale céleste et l'horizontale terrestre dont le croisement constitue le *Mysterium Crucis*.

Le Nouveau Testament présente des « optiques » différentes chez les témoins d'une même foi, ce qui détermine des théologies et des spiritualités différentes : johannique, pétrinienne, paulinienne. Le pluralisme théologique est légitime. Par contre, les dogmes se placent sur un plan où intentionnellement ils ont reçu la forme des énoncés liturgiques ; dans le Symbole de Nicée, l'Esprit Saint est « adoré et glorifié », ce qui renvoie à la fonction mystagogique de l'Esprit, fonction de l'ordre liturgique et doxologique. Ce fait interdit de séparer l'aspect intelligible du dogme de son contenu liturgique. Toute affirmation dogmatique vient de la théologie positive que les Pères appellent « symbolique ». Le rapport entre le symbolisant et le symbolisé fait voir dans tout dogme une icône orale, icône intelligible de la Vérité. Mais toute icône avant tout est justement épiphanique, elle témoigne de la présence de ce qu'elle représente. Il faut donc saisir à travers le dogme la présence réelle de la Vérité et ne pas la confondre avec sa formule, avec sa présentation en fonction d'un milieu culturel, ni la séparer de l'ensemble dogmatique *vécu* dans la liturgie.

L'AMOUR FOU DE DIEU

Le dialogue œcuménique est tendu intérieurement vers un concile de toutes les Eglises afin de réviser *ensemble* le dépôt sacré de la foi apostolique en distinguant toujours la Vérité de ses multiples expressions *icôniques* semblables aux diverses compositions iconographiques du même thème, mais qui convergent toutes vers le seul et unique Sujet.

2. *La foi et les preuves.*

Saint Grégoire de Nysse voit en Abraham l'image de l'homme qui sans poser de questions chemine dans les profondeurs mystérieuses de Dieu. Or les hommes posent des questions et surtout exigent des preuves, mais les preuves blessent la vérité et le Seigneur les refuse. Pascal, méditatif, note : « La Révélation signifie le voile ôté, or l'Incarnation voile encore davantage la face de Dieu. »

L'optimisme des preuves de l'existence de Dieu dégage un « ennui substantiel » et ignore que Dieu n'est pas évident et que le silence est une qualité de Dieu, car toute preuve contraignante viole la conscience humaine. C'est pourquoi Dieu limite sa toute-puissance, renonce à son omniscience, retire tout signe et s'enferme dans le silence de son amour souffrant. Il a parlé par les prophètes, il a parlé pendant sa vie terrestre, mais après la Pentecôte il ne parle qu'à travers les souffles de l'Esprit Saint. C'est dans ce silence, dit Nicolas Cabasilas, que Dieu déclare son amour à l'homme, *manikos éros*, amour fou de Dieu pour l'homme et son incompréhensible respect à l'égard de la liberté humaine. « La forme sous laquelle Dieu nous tend la main est celle même qui rend cette main invisible[9]. » Main du Christ crucifié, elle couvre nos yeux, mais elle est percée et les yeux voient à travers.

La foi est la réponse à cette attitude kénotique (abaissement, voir Ph 2, 7) de Dieu. C'est parce que l'homme peut dire *non* que son *oui* prend une pleine résonance et se place dans le même registre que le *oui* de Dieu. Et c'est pourquoi aussi Dieu accepte d'être refusé, méconnu, rejeté, évacué de sa propre création. Sur la croix, Dieu, contre Dieu, a pris le parti de l'homme, selon Péguy : « Dieu a été de l'homme. »

Nicolas Cabasilas le dit admirablement : « Dieu se présente et déclare son amour... repoussé, il attend à la porte... Pour tout le bien qu'il nous a fait, il ne demande en retour que notre amour ; en échange il nous acquitte de toute dette[10]. » Le chrétien est un homme misérable, mais il sait qu'il y a Quelqu'un d'encore plus misérable, ce Mendiant d'amour à la porte du cœur : « Voici, je me tiens à la porte, et je frappe, si quelqu'un entend ma voix et m'ouvre la porte, j'entrerai chez lui et je souperai avec lui » (Ap 3, 20). Le Fils vient sur terre pour s'asseoir à la « table des pécheurs ». L'amour ne peut être qu'oblation jusqu'à la mort. Dieu meurt pour que l'homme vive en Lui.

La foi est la réciprocité de deux *fiat*, de deux *oui*, la rencontre de l'amour descendant de Dieu et de l'amour ascendant de l'homme. La voix de Dieu est silencieuse, elle exerce une pression infiniment légère, jamais irrésistible. Dieu ne donne pas d'ordres, il lance des appels : « Ecoute, Israël »,

---

9. Joseph Malègue, *Pénombres*, p. 98.
10. *La Vie en Jésus-Christ*, trad. S. Broussaleux, Chevetogne, 1960[2], p. 80.

ou « *Si tu veux* être parfait... » Au décret d'un tyran, répond une sourde résistance ; à l'invitation du Maître du Banquet, répond la joyeuse acceptation de « celui qui a des oreilles », de celui qui lui-même se fait élu en refermant sa main sur le don offert par son Roi.

Que l'homme soit libre, ne signifie nullement qu'il soit la cause de son salut, mais que Dieu lui-même ne peut contraindre son amour. La foi dit : « Donne ta petite raison et reçois le Logos » — « donne ton sang et reçois l'Esprit. » L'expérience de la foi est d'emblée la réponse ; la simple invocation du nom de Dieu rend immédiatement présent ce Quelqu'un qui est méconnu et qui est intimement connu de toujours.

Les preuves sont insuffisantes, car Dieu est seul critère de sa vérité. Dans toute pensée sur Dieu, c'est Dieu qui se pense dans l'esprit humain, tel est le vrai sens de l'argument ontologique. Il signifie que la foi ne s'invente pas, que son origine n'est pas arbitraire, qu'elle est un *don*, mais offert à *tous* pour que Dieu puisse faire sa demeure dans toute âme humaine. Selon les Pères, l'Esprit Saint est le Don hypostasié et c'est pourquoi la demande au Père de sa venue ne connaît jamais de refus car il contredirait la nature même de l'Esprit : « Combien plus votre Père céleste donnera-t-il le Saint Esprit à ceux qui le lui demandent », dit le Seigneur.

6. LA LIBERTÉ ET L'ENFER.

A la formule athée : « Si Dieu existe, l'homme n'est pas libre », la Bible répond : « Si l'homme existe, Dieu n'est plus libre. » L'homme peut dire *non* à Dieu, Dieu ne peut plus dire *non* à l'homme, car selon saint Paul « il n'y a que *oui* en Dieu » (2 Co 1, 19), le *oui* de son Alliance que le Christ a redit sur la Croix. Alors « Je suis libre » veut dire « Dieu existe ». C'est Dieu lui-même qui garantit la liberté de doute, afin de ne pas violer les consciences.

Dieu a créé la « seconde liberté » et il court ce risque suprême d'une liberté qui surgit, capable de le mettre lui-même en échec, de l'obliger à descendre dans la mort et dans l'enfer, il se laisse librement assassiner pour offrir aux assassins le pardon et la résurrection. Sa toute-puissance, c'est de faire place à la liberté humaine, c'est de voiler sa prescience afin de dialoguer avec « son autre », de l'aimer jusqu'à cette infinie souffrance qui attend une libre réponse, une libre création de vie commune de Dieu et de son enfant. L'adage patristique énonce : « Dieu peut tout, sauf contraindre l'homme à l'aimer. » La toute-puissance de Dieu, c'est de devenir la Croix vivifiante, unique réponse au procès de l'athéisme sur la liberté et le mal.

« Le Royaume de Dieu est au milieu de vous » signifie que l'enfer aussi est au milieu des hommes. Marcel Jouhandeau le dit à sa manière : « A moi seul, je puis dresser en face de Dieu un empire sur lequel Dieu ne peut rien, c'est l'enfer... si l'homme ne comprend pas l'enfer, c'est qu'il n'a pas compris son propre cœur[11]... » C'est l'enfer de tous les désespérés qui explorent les profondeurs de Satan et jettent vers le ciel vide leurs blasphèmes.

Or la désespérance même infernale est blessée

---

11. *Algèbre des valeurs morales*, p. 229.

par le Christ qui a assumé comme personne le silence de Dieu : « Mon Dieu, pourquoi m'as-tu abandonné ? » (Mt 27, 46). C'est à ce niveau que se place l'exigence de l'enfer qui vient de la liberté humaine d'aimer Dieu. C'est elle qui engendre l'enfer car elle peut toujours dire : « Que Ta volonté ne soit pas faite », et même Dieu n'a pas d'emprise sur cette parole.

La liberté de refuser Dieu est voulue telle par Dieu, c'est-à-dire sans limites. Ce pouvoir suspensif du choix humain rend son destin conditionnel. Et c'est l'enfer pour ainsi dire de l'Amour divin, dimension céleste de l'enfer, vision divine de l'homme immergé dans la nuit des solitudes.

Il est urgent de corriger la conception « terroriste » et « pénitentiaire » de Dieu. Il n'est plus possible de croire à un Dieu sans entrailles et impassible. Le seul message qui puisse atteindre l'athée d'aujourd'hui, c'est celui du Christ descendant en enfer. Si profond que soit l'enfer où les hommes se découvrent déjà, plus profond se trouve encore le Christ en attente. Ce qu'il demande à l'homme, ce n'est pas la vertu, le moralisme, l'obéissance aveugle, mais un cri de confiance et d'amour du fond de son enfer. L'homme ne doit jamais tomber dans le désespoir, il ne peut tomber qu'en Dieu et c'est Dieu qui ne désespère jamais. Saint Antoine disait que l'enfer existe sûrement mais pour lui seul, ce qui veut dire que l'enfer n'est jamais « pour les autres », qu'il n'est jamais objet de discours.

7. LA FAIBLESSE DU DIEU TOUT-PUISSANT.

L'idée du Dieu tout-puissant enferme sa vision dans les impasses du tout fait d'avance. Le mal devient une inévitable bavure de la création que Dieu tolère sans se reconnaître responsable, l'ombre accentue la lumière...

C'est le passage de *Philippiens* 2, 6-11, qui est la clef de voûte et qui parle de la véritable aliénation de Dieu lui-même : « *Il s'est anéanti lui-même*, prenant la forme d'un *serviteur*... se rendant obéissant jusqu'à la mort de la croix. » La toute-puissance divine s'anéantit librement, renonce à toute puissance, surtout à toute volonté de puissance. « Je suis au milieu de vous comme celui qui sert » exprime une altérité totale par rapport à toutes les conceptions humaines. Dieu est plus que la Vérité, car il l'incarne en se faisant « autre », en se vidant de lui-même. La toute-puissance du *manikos éros*, de l'« amour fou » de Dieu ne détruit pas simplement le mal et la mort, mais les assume : « par la mort il a vaincu la mort ». Sa lumière jaillit de la Vérité crucifiée et ressuscitée.

C'est à cette lumière que face à la souffrance des innocents, des enfants anormaux, des accidents absurdes, il y a lieu d'appliquer à Dieu la plus paradoxale notion de la faiblesse invincible. La seule réponse adéquate est de dire que « Dieu est faible » et qu'il ne peut que souffrir avec nous, que la souffrance est « le pain que Dieu partage avec l'homme ». Faible, certes, non pas dans sa toute-puissance formelle, mais dans son Amour qui renonce librement à sa puissance et c'est sous cet aspect de faiblesse qu'il apparaît à Nicolas

Cabasilas comme « amour fou de Dieu pour l'homme ».

Le Dieu redoutable et impassible de quelques théologiens, égarés dans les notions de l'Ancien Testament, s'avère le Père souffrant : « Le Père est l'Amour qui crucifie, le Fils est l'Amour crucifié, l'Esprit est la puissance invincible de la Croix. » Mystère de l'Amour crucifié tout ruisselant de lumière le matin de Pâques, « faiblesse victorieuse » de la mort et de l'enfer.

Ce mystère était déjà pressenti par le courant mystique de la pensée juive. Rabbi Baruch cherche le moyen d'expliquer que Dieu est un compagnon d'exil, un solitaire abandonné, un étranger méconnu parmi les hommes. Un jour, son petit-fils jouait à cache-cache avec un autre petit garçon. Il se cache, mais l'autre refuse de le chercher et s'en va. L'enfant va se plaindre en larmes à son grand-père. Alors, les yeux pleins de larmes lui aussi, Rabbi Baruch s'écria : « Dieu dit la même chose : Je me cache, mais personne ne vient me chercher [12]... »

Ou cette autre parole si forte : « La miséricorde divine, c'est le repentir de Dieu » ; on peut dire justement, c'est la faiblesse de Dieu.

Un saint disait à un enfant : « Vois-tu, si tu pouvais jouer avec le Seigneur, ce serait la chose la plus énorme qu'on eût jamais faite. Tout le monde le prend tellement au sérieux qu'on le rend mortellement ennuyeux... Joue avec Dieu, mon fils. Il est le suprême compagnon de jeu... »

A la faiblesse de Dieu correspond la faiblesse de l'homme. Saint Païssius le Grand priait pour son

12. Martin Buber, *Les Récits hassidiques*, Paris, 1963, p. 157 s.

disciple qui avait renié le Christ. Le Seigneur lui apparut et dit : « Ne sais-tu pas qu'il m'a renié ? » Mais le saint ne cessait d'avoir pitié et de prier encore plus intensément pour son disciple, alors le Seigneur lui dit : « Païssius, *tu t'es assimilé à moi par ton amour...* »

8. MYSTÈRE DU SILENCE.

Que peut-on dire à un athée qui demande des preuves ? Uniquement ceci : dès que l'homme entre en lui-même, retrouve le vrai silence, il sent comme une attente qui lui vient du « Père qui est présent dans le secret » (Mt 6, 6). Le Père parle par son Fils, sa Parole. Elle n'accable pas, elle témoigne de la proximité immédiate : « Voici que je me tiens à la porte, et je frappe » (Ap 3, 20). Il y a là quelque chose d'infiniment plus grand que toute démonstration : une évidence éclatante, une indéfectible certitude ; Dieu existe, il est présent, « l'ami de l'Epoux entend sa voix et sa joie est grande ». Jésus demande à ses disciples d'être joyeux de cette immense joie dont les raisons sont au-delà de l'homme, dans l'existence objective de Dieu, dans sa joie trinitaire. Dieu le dit : « Vois, je t'ai aimé d'un amour *éternel* » (Jr 31, 3) — « Comme la fiancée fait la joie de son fiancé, ainsi tu seras la joie de ton Dieu » (Is 62, 5).

Le silence est l'Avent, le temps de l'attente « quoiqu'il fasse nuit », l'attente de *l'inattendu*, et comme dit Héraclite : « Si l'on n'espère pas, on ne rencontrera pas l'inespéré[13]. » C'est l'inespoir qui rend la bouche pleine de néant, mais le désespoir

13. Voir Lain Entralgo, *L'Attente et l'Espérance*.

est au seuil de l'espérance. « Garde ton esprit en enfer, et ne désespère pas », aurait dit le Christ à un *starets* contemporain.

Seul le silence fait comprendre la parole de saint Maxime le Confesseur : « l'amour de Dieu et l'amour des hommes sont deux aspects d'un seul amour total ». Dans un immense soupir, le silence ombrage la terre de paix : « Tout est à Toi, Seigneur, je suis à Toi, reçois-moi. » A la question : contemplation ou vie active, saint Séraphin a répondu : « Trouve la paix intérieure et le silence et une multitude d'hommes trouvera son salut auprès de toi. » Dieu a créé les anges « en silence », disent les Pères. Dieu guide les silencieux, les agités font rire les anges.

« Yahvé combattra pour vous, vous demeurerez dans le silence » (Ex 14, 14), silence bien particulier qui est un autre combat pour assurer la pureté et la transparence des cœurs capables d'accueillir et de jouir de la victoire de Dieu.

« Yahvé ferma la porte sur Noé » (Gn 7, 16), son silence le prépare à devenir signe de l'alliance. Ainsi Jonas ou Job qui « met la main sur sa bouche » (Jb 40, 4) et attend la *Rhêma*, parole vivifiante. L'Apocalypse (8,1) souligne le silence de toutes les puissances avant l'annonce des révélations ultimes. C'est lorsque Zacharie est devenu muet, silencieux, que le peuple a compris que Zacharie a reçu la révélation (Lc 1, 20-22). Dans la description de l'ordination sacerdotale chez Hippolyte, pendant l'imposition des mains, on impose le silence à ceux qui assistent *propter descensum Spiritus*, tous se taisent pendant la descente de l'Esprit.

Le grand silence saisit la terre le vendredi de la

LE MYSTÈRE DE SON SILENCE

Passion. Après avoir annoncé la mort de Dieu, il semble que le monde entre dans le silence du grand Sabbat. Selon les Pères, avant d'écouter les paroles du Verbe il faut apprendre à écouter son silence, « ce langage du monde à venir » selon saint Isaac et *le silence ici signifie se trouver au-dedans de la Parole.* Ce n'est qu'au niveau de son propre silence que l'homme peut le faire.

C'est dans un pareil silence et dans la liberté royale de son esprit, que tout homme est invité à répondre à la question très simple : qu'est-ce que Dieu ? Un saint Grégoire de Nysse laisse simplement échapper : « Toi, qu'aime mon âme... »

II

L'EXPÉRIENCE MYSTIQUE

Le mot « mystique » s'apparente à la notion biblique du mystère et désigne le lien le plus intime entre Dieu et l'homme, leur communion de nature nuptiale. Cette ultime union est le secret de la Sagesse divine, le caché de son dessein sur le destin éternel de l'homme. Secret inconnu même des anges, mais que Dieu révèle aux saints. Il est le « mystère caché en Dieu de toute éternité », son Amour manifesté en Christ et qui fait de l'Eglise le lieu de son accomplissement dans l'histoire.

La tradition orientale n'a jamais distingué nettement entre mystique et théologie, entre l'expérience personnelle des mystères divins et le dogme confessé par l'Eglise. Elle n'a jamais connu ni divorce entre la théologie et la spiritualité, ni *devotio moderna*. Si l'expérience mystique vit le contenu de la foi commune, la théologie l'ordonne et le systématise. Ainsi la vie de tout fidèle est structurée par l'élément dogmatique de la liturgie et la doctrine relate l'expérience intime de la Vérité révélée et offerte à tous. La théologie est mystique et la vie mystique est théologique, celle-ci est le sommet de la théologie, théologie par excellence, contemplation de la Trinité.

Plus la théologie et la vie sont mystiques et plus elles sont concrètes, les sacrements sont mystiques par excellence et sont les actes les plus concrets. C'est pourquoi les dogmes sont définis par les conciles comme des formules liturgiques, comme une doxologie vivante, vécue et proclamée tout le long de la liturgie. Evagre exprime bien cette unité : « Si tu es théologien, tu prieras vraiment, et si tu pries vraiment, tu es théologien [1]. »

Dès le IVe siècle, les Pères identifient le mystère du salut avec la substance des sacrements, ce qui explique chez saint Cyrille de Jérusalem le titre de ses leçons : *Catéchèse mystagogique,* chez saint Maxime le Confesseur celui de *Mystagogie* donné à ses méditations sur la liturgie ; tandis que le Pseudo-Denys intitule un de ses traités : *Théologie mystique.*

Nicolas Cabasilas suit cette tradition et appelle son traité sur les sacrements : *La Vie en Jésus-Christ.* En effet, la vie mystique dès le début est centrée sur la parole de saint Paul : « Ce n'est plus moi qui vis, c'est le Christ qui vit en moi » (Ga 2, 20), car selon Calliste [2], ce qui arrive de plus grand entre Dieu et l'âme humaine, c'est d'aimer et d'être aimé. « L'Eros divin, dit saint Macaire, a fait descendre Dieu sur la terre, l'a forcé de quitter le sommet de silence [3]. »

Les désirs divin et humain culminent dans le Christ historique en qui Dieu et l'homme se regardent comme dans un miroir et se reconnaissent, « car l'amour de Dieu et l'amour des hommes sont

---

1. *Traité de l'oraison,* 60.
2. *Philocalie,* dans P.G. 147, col. 860 A et B.
3. *Hom.* XXVI, 1.

L'EXPÉRIENCE MYSTIQUE

les deux aspects d'un seul amour total[4] ». L'éros, selon saint Grégoire de Nysse, ne comporte plus aucun élément de possession égocentrique, il est « l'intensité de l'agapé[5] ». Dieu philanthrope, aimant les hommes, demande en retour à être aimé pour lui-même.

Ainsi, la « vie mystique » signifie la « vie chrétienne » dès qu'elle devient le *vécu* de l'Amour de Dieu qui saisit l'être humain et dont l'homme doit être parfaitement conscient. Il faut souligner le caractère éminemment existentiel de la foi. Pour saint Grégoire de Nysse, l'homme qui n'est pas mû par l'Esprit Saint n'est pas un être humain, et pour saint Syméon le Nouveau Théologien, celui qui n'est pas conscient d'avoir revêtu le Christ annule la grâce du baptême[6].

Le culte des martyrs les montre remplis de la présence du Christ, apparentés au Christ ressuscité. La purification ascétique est réduite ici au moment sublime d'un don total de soi-même. Ce moment, étendu à toute la vie, constitue l'ascèse et les ascètes sont les héritiers directs des martyrs. La croix est préalable à la lumière fulgurante de la Résurrection. Toutefois, si tout mystique est ascète, ce n'est pas tout ascète qui est « mystique », dans le sens plus particulier de celui qui est « comblé de grâce ». Ainsi l'ascèse n'est jamais un but, mais un moyen pour parvenir, *si Dieu le veut*, à l'état de l'unité nuptiale entre Dieu et l'âme humaine. Ce degré ultime de l'expérience mystique dépend de la grâce de Dieu et tout ce que l'homme

---
4. Saint Maxime le Confesseur, *Ep.* 3, dans P.G. 91, col. 409 B.
5. *Homélies sur le Cantique*, dans P.G. 44, col. 1048 C.
6. *Chapitres théologiques, gnostiques et pratiques.*

peut faire c'est de constituer son être en « lieu de Dieu », lieu théophanique de sa présence. Il n'existe aucune technique permettant de se rendre maître de l'expérience. Le moyen le plus avancé cultive le recueillement silencieux, « hésychie »; l'homme se prosterne au comble de l'humilité orante qui est le « tremblement de l'âme devant la porte du Royaume[7] », cette porte ne s'ouvre que sous la poussée de l'acte libre de Dieu. *L'Echelle du Paradis* de saint Jean Climaque enseigne que la charité totale n'est pas au départ, mais au terme de l'union avec Dieu. Le Dieu biblique nous aime d'un amour jaloux, qui nous désire tout entiers et sans reste, et c'est en Dieu que la charité universelle s'épanouit sans entrave quand Dieu devient « tout en tous ».

Si saint Jean dit : « Nous serons semblables à Lui » (1 Jn 3, 2), saint Paul parle au présent : « Nous réfléchissons comme en un miroir la Gloire du Seigneur, nous sommes transformés en cette même image, toujours plus glorieuse » (2 Co 3, 18). Le visage découvert, les chrétiens comme Moïse reflètent la gloire du Christ. La contemplation de Dieu dans le Christ les rend semblables à Dieu. Ainsi la vie chrétienne comporte la grâce d'une certaine vision de Dieu, même crépusculaire, et qui transforme à son image ; elle fait donc croire, connaître, s'unir et se métamorphoser en image et en ressemblance.

---

7. Saint Isaac le Syrien, éd. Wensinck, p. 310.

L'OBJET DE L'EXPÉRIENCE MYSTIQUE.

Avant d'aborder l'expérience proprement dite, il faut préciser le contexte de la Tradition qui la conditionne, ce qu'elle dit sur son objet.

Tournée vers Dieu, la réflexion des Pères passe à une connaissance apophatique : négation de toute définition anthropomorphe, approche des ténèbres, frange de l'inaccessible lumière divine. Son axiome énonce : de Dieu, nous savons seulement « qu'Il est », et non pas « ce qu'Il est », car « nul n'a jamais vu Dieu ». Sensible au plus haut degré à l'impénétrabilité du mystère divin, l'Orient nie radicalement toute vision de l'essence divine, éternellement transcendante. Saint Jean Chrysostome nie la vision de l'essence pour les saints au ciel ; Marc d'Ephèse, au concile de Florence, la nie même pour les anges. L'essence de Dieu est au-delà de tout nom, de toute parole, et c'est pourquoi nous avons une multitude de noms : Bon, Juste, Saint, Tout-Puissant... Et quand même nous disons : « infini » et « non engendré », par cette forme négative même, nous confessons notre impuissance et touchons la limite posée par l'apophase. Dieu est incomparable dans le sens absolu par l'absence radicale de toute échelle de comparaison. La théologie cataphatique positive est « symbolique », elle ne s'applique qu'aux attributs révélés, qu'aux manifestations de Dieu dans le monde. Un cercle de silence est tracé autour de l'abîme intradivin, autour de Dieu en Lui-même.

« Les concepts créent des idoles de Dieu[8] »,

---

8. *Vie de Moïse*, II, 165, coll. « Sources chrétiennes », p. 82.

dit saint Grégoire de Nysse, l'étonnement seul saisit quelque chose. L'étonnement est ce sens très précis de l'infranchissable distance et qui se situe au-delà de toute connaissance, « au-delà même de l'inconnaissance, jusqu'à la plus haute cime des Ecritures mystiques, là où les mystères simples, absolus et incorruptibles de la théologie se révèlent dans la ténèbre plus que lumineuse du silence [9] ».

Il ne s'agit point de l'impuissante faiblesse humaine, mais de l'insondable et inconnaissable profondeur de l'essence divine. L'obscurité inhérente à la foi protège le mystère inviolable de la proximité de Dieu. C'est dans ce sens qu'Isaac le Syrien [10] affirme que même la vision de Dieu ne supprime pas la foi, elle devient « une seconde foi » supérieure à la foi de l'âme. Plus Dieu est présent et plus il est caché, mystérieux dans sa nature même. La « ténèbre éblouissante » n'est qu'une manière d'exprimer la proximité la plus réelle et en même temps insaisissable. « Trouver Dieu consiste à le chercher sans cesse... C'est là vraiment voir Dieu que de n'être jamais rassasié de le désirer [11]. » Dieu est l'éternellement cherché [12]. « Il reste caché dans son épiphanie même [13]. »

LA RÉALITÉ DE LA CONNAISSANCE DE DIEU.

De saint Basile à saint Grégoire Palamas, la tradition est unanime et ferme : elle distingue

9. Pseudo-Denys, *Théologie mystique*, dans P.G. 3, col. 1000.
10. Ed. Bedjan, p. 320.
11. Saint Grégoire de Nysse, *Macrinia*, dans P.G. 46, col. 97 A.
12. *Id.*, *Hom. in Cant.*, dans P.G. 44, col. 920 C.
13. Saint Maxime, *Amb.*, dans P.G. 91, col. 1048 D.

entre la transcendance radicale de Dieu en soi et l'immanence de ses manifestations dans le monde. Dieu « sort en avant » dans ses énergies et il y est totalement présent. « L'énergie » n'est point une « partie » de Dieu, elle est Dieu dans sa révélation sans qu'il perde rien de la « non-sortie » radicale de son essence. Ce sont *deux modes d'existence de Dieu :* en Lui-même et en dehors de Lui-même. Communes à toutes les hypostases de la Trinité, les énergies sont incréées. Elles ne touchent nullement à l'unité, l'indivisibilité et la simplicité divines, pas plus que les distinctions entre les hypostases et la nature ne font de Dieu un composé. En commentant *Exode* 3, 14, Palamas écrit : « Dieu n'a pas dit : "Je suis essence", mais : "Je suis Celui qui est" », et il refuse d'identifier tout l'Etre avec l'essence — l'existence prime sur l'essence [14]. Tout en étant imparticipable dans son essence, Dieu peut se manifester dans son être même. La simplicité de Dieu est « tout autre » que notre idée de simplicité, Dieu transcende toute forme logique car il est créateur de toute forme, et, par cela, au-delà de tout concept. Déjà tout dogme est antinomique, métalogique, mais jamais contradictoire. La logique simplement ne s'applique pas à ce plan, à ce niveau elle est inopérante.

C'est donc cette distinction fondamentale entre l'essence de Dieu et ses opérations, ses énergies ou sa grâce, qui détermine la tradition orientale. Il ne s'agit nullement d'une abstraction, mais de la réalité même de la communion entre Dieu et l'homme et de la possibilité même de l'expérience mystique. En effet, l'homme ne peut pas participer

---

14. *Tr.* III, 2, 12.

à l'essence de Dieu (dans ce cas, il serait Dieu); d'autre part, toute communion avec un élément créé (grâce créée) n'est point la communion avec Dieu. L'homme entre dans la communion la plus réelle avec les « opérations » où Dieu est présent, et tout comme dans le mystère eucharistique, ceux qui ont reçu une « opération » divine ont reçu Dieu tout entier. La communion n'est ni substantielle (le cas du panthéisme), ni hypostatique (seul cas du Christ), mais énergétique, et dans ses énergies-opérations Dieu est totalement présent.

La synthèse palamite expose correctement la mystique orthodoxe. C'est la mystique paradoxale de « l'obscurité divine », frange de sa lumière. De la connaissance au niveau de l'homme, l'Esprit transfère par participation à la connaissance au niveau de Dieu. C'est la connaissance selon saint Jean par l'inhabitation du Verbe et l'illumination intérieure par la lumière divine incréée. L'expérience mystique la vit depuis son aspect intérieur, caché, jusqu'à son rayonnement extérieur : les nimbes des saints, la luminosité de leur corps, la lumière thaborique et celle de la Résurrection, lumière vue au moyen des yeux transfigurés, dessillés par l'Esprit. Selon Palamas, la transfiguration du Seigneur était plutôt celle des apôtres, de leur capacité momentanée de contempler la gloire du Seigneur cachée sous sa kénose. La déification de l'être humain comporte la vision de la lumière qui est la gloire de Dieu.

LA DÉIFICATION.

La « théosis », l'état déifié de l'être humain, sa pénétration par les énergies divines, exprime

L'EXPÉRIENCE MYSTIQUE

l'idéal religieux de l'Orient. L'anthropologie orientale est l'ontologie de la déification, illumination progressive du monde et de l'homme. Par ses sacrements et sa liturgie, l'Eglise apparaît le lieu de cette métamorphose qui témoigne de la vie de Dieu dans l'humain. Les Pères approfondissent la « filiation » paulinienne à la lumière johannique : le fils est celui en qui le Dieu trinitaire fait sa demeure. L'Esprit nous conduit au Père par Jésus-Christ nous faisant « concorporels » avec Lui (Ep 3, 6), image visiblement eucharistique. Saint Cyrille de Jérusalem met un accent très fort sur le fait que les participants du Repas deviennent « co-charnels et co-sanguins » au Christ. L'homme est vraiment christifié, verbifié, « le limon reçoit la dignité royale... se transforme en substance du Roi[15] ».

Il faut souligner le lien étroit entre la théologie et la mystique, entre l'itinéraire sacramentel et la vie de l'âme en Christ. La règle d'or de toute la pensée patristique énonce « Dieu se fait homme pour que l'homme devienne dieu » — « l'homme devient selon la grâce ce que Dieu est selon la nature », il participe des conditions de la vie divine. A l'image du pain et du vin, l'homme par l'action de l'Esprit devient une parcelle de la nature déifiée du Christ. L'eucharistie, « ferment de l'immortalité » et puissance même de la résurrection, s'unit à la nature humaine, les énergies divines la pénètrent et la transfigurent. On peut dire que la vie mystique est la prise de conscience de plus en plus plénière de la vie sacramentelle. Leur description à toutes deux sous la même figure des « noces mystiques » montre leur identique nature. Comme

---

15. Nicolas Cabasilas, *La Vie en Jésus-Christ*, p. 97.

le dit Théodoret de Cyr : « En consommant la chair du Fiancé et son sang, nous entrons dans la communion nuptiale[16]. »

LA VISION DE DIEU.

Dans la tradition juive, Moïse est bien la figure de celui qui contemple la lumière ; c'est pourquoi Moïse et Elie, grands visionnaires, entourent le Christ transfiguré. La nuée lumineuse accompagne l'exode, couvre le tabernacle, remplit le temple, elle est le lieu de la *Schekinah* (Gloire de Dieu), signe de la présence divine. Le peuple de la Parole — l'injonction « écoute Israël » introduit toujours les textes messianiques — entend : « lève les yeux et vois ». La Transfiguration du Seigneur ouvre la vision apocalyptique.

Pour saint Irénée, la vision de Dieu se place dans l'eschatologie. L'Alexandrie chrétienne avec Clément et Origène trace une doctrine fortement intellectualiste de la vision de Dieu. Par contre, saint Athanase mettra tout l'accent sur la déification et verra l'idéal chrétien dans la spiritualité du désert qui jouit des prémices de l'incorruptibilité. Avec les Cappadociens, c'est la connaissance de la Trinité qui fait l'objet de la théologie. Chez saint Basile, la gnose cède la place à la communion avec le Dieu Trinité et il l'appelle « l'intimité avec Dieu », « l'union par amour[17] ». Il dit toutefois[18] : « Tout en affirmant que nous connaissons notre

---

16. Voir « Eucharistie et Cantique des Cantiques », dans *Irénikon*, 1950, p. 274 s.
17. *Hom. Quod est Deus*, 6, dans P.G. 31, col. 344 B.
18. Lettre 234, dans P.G. 32, col. 869.

Dieu dans ses énergies, nous ne promettons guère de l'approcher dans son essence même. Car si ses énergies descendent jusqu'à nous, son essence reste inaccessible. » Toute vision de Dieu est trinitaire : dans l'Esprit Saint nous voyons l'image du Fils et par lui, l'archétype abyssal, le Père. Pour saint Grégoire de Nazianze, c'est la contemplation « des trois lumières qui ne forment qu'une seule lumière », « l'éclat réuni » de la Trinité qui surpasse l'entendement, « Trinité, dont même les ombres confuses me remplissent d'émotion [19] ». Saint Grégoire de Nysse dit de son côté : « Ainsi il est à la fois vrai que le cœur pur voit Dieu et que nul n'a jamais vu Dieu. En effet, ce qui est invisible par nature devient visible par ses énergies, apparaissant comme autour de sa nature [20]. »

La vision est intériorisée, l'âme contemple dans son image purifiée, comme dans un miroir, la lumière divine, Dieu restant insaisissable quant à sa nature. L'expérience mystique ici est centrée sur l'inhabitation du Verbe dans l'âme et sur la tension d'amour, épectase vers la nature inaccessible de Dieu.

Pour saint Jean Chrysostome et l'école d'Antioche, dans le siècle futur on verra le Christ revêtu de gloire divine, on verra Dieu dans l'humanité du Christ. Par contre, pour saint Cyrille d'Alexandrie, ce n'est pas uniquement la nature humaine déifiée du Verbe, c'est la Personne divine incarnée qui se fera voir dans la gloire commune avec le Père et l'Esprit Saint. Saint Maxime donne une synthèse vigoureuse : la vision des élus se présente comme

---

19. *Poèmes sur soi-même*, 11, dans P.G. 37, col. 1167.
20. *VIe Homélie sur les Béatitudes*, dans P.G. 44, col. 1269.

une révélation énergétique de la divinité dans la Personne du Christ, son corps sera une théophanie visible. C'est une vision qui surpasse l'intellect, aussi bien que les sens ; elle s'adresse à l'homme entier : une communion de la personne avec le Dieu personnel. La communion avec les énergies ouvre l'infini au-delà de la connaissance. Saint Athanase le Sinaïte [21] se réfère à la vision face à face (Mt 18, 10 ; 1 Co 13, 12) en précisant qu'il est dit « personne à personne », et non « nature à nature ». Ce n'est pas la nature qui voit la Nature, c'est la personne qui voit la Personne. C'est justement la réponse orthodoxe aux arguments des iconoclastes (on ne peut représenter sur les icônes du Christ ni le mélange de deux natures ni la seule humanité séparée de la divinité) formulée par saint Théodore le Studite [22] : l'image est toujours dissemblable du prototype « quant à l'essence », mais elle lui est semblable « quant à l'hypostase » et « au nom ». C'est l'hypostase du Verbe incarné, et non sa nature divine ou humaine, qui est représentée sur les icônes du Christ. Il s'agit donc d'une communion avec la Personne du Christ, dans laquelle les énergies des deux natures, la créée et l'incréée, se compénètrent. Ainsi le culte des icônes amorce déjà la vision de Dieu. Saint Jean Damascène l'approfondit et précise : dans l'union hypostatique, l'humanité du Christ participe à la gloire divine et nous fait voir Dieu. La vision face à face est une communion avec la personne du Christ.

Saint Syméon le Nouveau Théologien fait passer du contexte christologique vers le plan pneumato-

21. *Le Guide*, VIII, dans P.G. 89, col. 132.
22. *Antir.* III, dans P.G. 99, col. 405 B.

logique, vers la lumière incréée que l'Esprit Saint révèle et à laquelle l'homme participe entièrement. Son expérience transcende les limites de l'être créé, elle est une sortie vers le mystère du « huitième jour ». La contemplation mystique rejoint la vision eschatologique. Au siècle futur, l'Esprit Saint apparaîtra en tout comme lumière, mais c'est la Personne du Christ qui sera vue, dans une communion personnelle avec chacun. La synthèse palamite achève la tradition patristique, elle dépasse le dualisme du sensible et de l'intelligible, du sens et de l'intellect, de la matière et de l'esprit. La transcendance divine signifie que Dieu se fait connaître à l'homme entier, sans qu'on puisse parler d'une vision proprement sensible ou intellectuelle. La frontière se situe entre le créé et l'incréé. Ce n'est ni réduction du sensible à l'intelligible, ni matérialisation du spirituel, mais communion de l'homme entier avec l'incréé, union de la personne humaine avec Dieu au-dessus de toute limitation de la nature créée. « La nature divine est participable non en elle-même, mais dans ses énergies [23]. » « Celui qui participe à l'énergie divine devient lui-même, en quelque sorte, lumière », dit Palamas [24]. Cette lumière n'est ni matérielle, ni spirituelle, mais divine, incréée, elle se communique à l'homme entier et le fait vivre dans la communion avec la Sainte Trinité, béatitude du siècle futur. C'est l'état déifié, où Dieu sera tout en tous, non par son essence, mais par son énergie, splendeur ineffable de la Trinité.

23. *Théophanès*, dans P.G. 150, col. 937 D.
24. *Homélie sur la Présentation de la Vierge*, éd. Sophoclès, p. 176.

LA PLACE DE LA VIE ASCÉTIQUE.

Négativement et vu d'en bas, l'ascétisme est la « lutte invisible », incessante, sans répit ; positivement et vu d'en haut, il est illumination, acquisition des dons, passage à l'état charismatique.

Un ascète débute par la vision de sa propre réalité humaine. « Connais-toi toi-même » car « personne ne peut connaître Dieu s'il ne s'est pas d'abord connu lui-même[25] ». « Celui qui a vu son péché est plus grand que celui qui a vu les anges[26]. » L'art ascétique représente une sorte de scaphandre pour descendre et explorer ses propres gouffres peuplés de monstres. Après cet « instantané » de son propre abîme, l'âme aspire réellement à la divine miséricorde : « De l'abîme de mes iniquités, j'invoque l'abîme de ta grâce. » L'élévation est graduelle et fait gravir « l'échelle paradisiaque ». Le climat de l'humilité, de plus en plus approfondi, enveloppe toute la durée de la vie ascétique. L'attention est attirée à la source spirituelle du mal qui ne vient pas de la nature mais s'accomplit dans l'esprit. L'ascèse aspire à la maîtrise du spirituel sur le matériel et comporte une réhabilitation ascétique de la matière. Le péché charnel est le péché de l'esprit contre la chair.

L'effort ascétique convertit les passions et les fait converger vers l'attente silencieuse du moment où Dieu revêt l'âme de la forme divine. L'éros

---

25. *Philocalie* (en russe), vol. V, p. 159.
26. Saint Isaac, *Sentences*, 50.

épuré passe par une déprise radicale de tout esprit de possession égocentrique et devient l'amour dans le sens le plus fort : « l'intensité de l'agapè » ; comme dit saint Grégoire de Nysse : « C'est là réellement voir Dieu que de ne jamais trouver de satiété à ce désir [27]. » Quand l'âme est décentrée d'elle-même dans une totale désappropriation-humilité, « la gnose se transforme en amour-union [28] ».

LA MONTÉE MYSTIQUE.

La voie mystique atteint les sommets de la liberté des enfants de Dieu, mais intérieurement elle est soutenue et structurée par le dogme vécu dans la liturgie et les sacrements. Hors de l'Eglise pas de mystique. Toutefois l'amour mystique est le moins « organisable », la vie mystique ne possède aucune technique, celle-ci est le domaine de l'ascèse.

Le cœur s'ouvre dans toute la mesure de sa réceptivité à la projection dans l'homme du mystère de l'Incarnation, de l'inhabitation du Verbe, opérée et perpétuée déjà par l'eucharistie. Seul Dieu fait connaître Dieu, et c'est l'Esprit Saint qui unit au Fils et par lui au Père. Le sommet de la vie mystique selon saint Syméon est dans la rencontre personnelle avec le Christ qui parle dans nos cœurs par l'Esprit Saint.

Abreuvée à la source liturgique, guidée par le dogme, la vie mystique, sobre et dépouillée, frappe

27. *Vie de Moïse*, II, 233, trad. cit. p. 107.
28. *Macrinia*, dans P.G. 46, col. 96 C.

par son équilibre parfait. Sa « passion impassible » écarte radicalement toute recherche de phénomènes visuels ou sensitifs, exclut toute curiosité. Même l'extase est le fait non pas des parfaits, mais des novices : « Si vous voyez un jeune homme monter de sa propre volonté au ciel, attrapez-le par le pied et rejetez-le sur la terre, parce que cela ne lui vaut rien[29]. » La thaumaturgie, la *fama miraculorum*, est le fait non du spirituel, mais du psychique. « Ne t'efforce pas de discerner pendant la prière quelque image ou figure, sois immatériel en présence de l'Immatériel », conseille saint Nil le Sinaïte[30]. Apparitions rares, elles viennent toujours comme une grâce et surmontent la résistance instinctive des mystiques. Vision de lumière incréée, luminosité du corps et son allégement jusqu'à la lévitation, mais aucune plaie sanglante, aucun dolorisme. L'Orient vénérera dans la croix non pas tant le bois du supplice que l'arbre de la vie, à nouveau verdoyant au cœur du monde. Signe de victoire, la croix enferme dans ses bras le monde et brise les portes de l'enfer. C'est l'expérience de plus en plus immédiate du Transfiguré et du Ressuscité qui fait jaillir un tressaillement de joie pascale. C'est la mystique du sépulcre scellé et éclaté d'où jaillit la vie éternelle.

L'Orient ne connaît pas les confessions, les mémoires, les autobiographies de saints. La langue des mystiques, dans le peu qu'ils ont laissé de leurs écrits, est différente de celle des théologiens. Ils parlent en termes d'expérience très paradoxale, de communion et d'amour.

29. *Vitae Patrum*, V, 10, 111.
30. *De Oratione*, dans P.G. 79, col. 1193.

L'EXPÉRIENCE MYSTIQUE

La vie mystique est essentiellement la vie dans le divin, et le divin en Orient n'est pas avant tout le pouvoir, mais la source du jaillissement de la « nouvelle créature ». L'état mystique montre le dépassement de la condition même de la créature. Dieu est plus intime à l'homme que l'homme ne l'est à lui-même, et la vie dans le divin est plus surnaturellement naturelle à l'homme que la vie dans l'humain. Dans un baptisé, le Christ est un fait intérieur. C'est l'expérience antinomique du néant et de l'Absolu ; sans supprimer l'hiatus de l'abîme ontologique, Dieu le comble par sa présence. Un être vient du néant et vit les conditions de la vie divine par participation : « Je suis un homme par nature, et dieu par la grâce. » Dieu transcende sa propre Transcendance : « Il vient subitement et, sans confusion, il se confond avec moi... Mes mains sont celles d'un malheureux, je meus ma main et ma main est tout Christ », dit saint Syméon[31]. Cette descente, la parousie du Christ dans l'âme, la forme à son image. C'est ce que saint Jean Damascène appelle le « retour de ce qui est contraire à la nature vers ce qui lui est propre[32] ».

Vu d'en haut, un saint est déjà tout tissé de lumière. Sans tenter une imitation quelconque, il suit le Christ, reproduit intérieurement son image : « La pureté du cœur, c'est l'amour des faibles qui tombent. » L'âme se dilate et s'épanouit en charité cosmique, elle assume le mal universel, traverse l'agonie de Gethsémani, et s'élève à cette autre vision qui la dépouille de tout jugement : « Celui

---

31. *Hymnes de l'amour divin.*
32. *De fide orth.*, 1, 30.

qui est purifié voit l'âme de son prochain. » Le semblable voit le semblable : « Quand quelqu'un voit tous les hommes bons et quand personne ne se présente à lui comme impur, alors on peut dire qu'il est authentiquement pur de cœur... Si tu vois ton frère en train de pécher, jette sur ses épaules le manteau de ton amour[33]. » Un pareil amour est opérant car il « change la substance même des choses[34] ».

Ce n'est plus le passage des passions à la continence, du péché à la grâce, mais le passage de la crainte à l'amour : « Le parfait rejette la crainte, dédaigne les récompenses et aime de tout son cœur[35]. »

L'âme s'élève au-dessus de tout signe déterminé, hors de toute représentation et de toute image. Le multiple laisse place à l'un et au simple. L'âme, image, miroir de Dieu, devient demeure de Dieu. L'élévation mystique l'oriente vers le Royaume : « Si le propre de la sagesse est la connaissance des réalités, nul ne sera dit sage s'il n'embrasse pas aussi les choses à venir[36]. » « Un spirituel des temps derniers, dit saint Isaac, reçoit la grâce qui lui est conforme. » C'est la vision iconographique de la « liturgie divine ». Le chœur céleste des anges où la « brebis perdue », l'humanité, prend place, se tient devant l'Agneau mystique de l'Apocalypse, entouré du triple cercle des sphères. Sur la blancheur du monde céleste tranche la pourpre royale

---

33. Saint Isaac, *Sentences*, 35, 65.
34. Saint Jean Chrysostome, *Hom. 32 in 1 Co.*, dans P.G. 61, col. 273.
35. Saint Isaac, éd. Wensinck, p. 341.
36. Saint Grégoire de Nysse, *Adv. eunom.*, dans P.G. 45, col. 580 C.

de la Passion, tirant sur l'éclat du Midi sans déclin, couleur iconographique de l'amour divin revêtu de l'humanité. C'est le retour de l'homme à sa dignité céleste. Au moment de l'Ascension du Christ, celle-ci a déjà fait jaillir les cris des anges : « Quel est ce roi de gloire ? » Et maintenant les anges sont dans un profond étonnement devant l'ultime mystère : la brebis perdue devient une avec le Pasteur. Le Cantique des Cantiques chante les Noces du Verbe et de sa fiancée. L'amour est l'aimant, l'âme toujours attirée plus violemment se jette dans la ténèbre lumineuse de Dieu. On sent l'impuissance des mots : ténèbre lumineuse, ivresse sobre, puits d'eau vive, mouvement stable...

« Tu es devenue belle en t'approchant de Ma lumière, ton approche a attiré sur toi la participation de Ma beauté... S'étant approchée de la lumière, l'âme devient lumière [37]. » A ce niveau, il ne s'agit point de s'instruire sur Dieu, mais de le recevoir et de se convertir en lui. « La science devenue amour » est nettement de nature eucharistique : « Le vin qui réjouit le cœur s'appelle depuis la passion le sang de la vigne » et « la vigne mystique verse l'ivresse sobre [38]. » « L'amour c'est Dieu qui lance la flèche, son Fils unique, après avoir humecté les trois extrémités de la pointe avec l'Esprit vivifiant ; la pointe est la foi qui non seulement introduit la flèche, mais l'Archer avec elle [39]. »

L'âme transformée en colombe de lumière monte toujours. Toute acquisition devient un nouveau

---

37. *Id., Hom. in Cant.*, dans P.G. **44**, col. 869 A.
38. *Ibid.*, col. 828 B et C.
39. *Id., Vie de Moïse*, 11, 227, trad. cit., p. 105.

point de départ. Grâce sur grâce. « Ayant une fois mis le pied à l'échelle sur laquelle Dieu s'était appuyé, elle ne cesse de monter... chaque marche débouchant toujours sur l'au-delà[40]. » C'est l'échelle de Jacob.

A la rencontre de l'homme viennent « non seulement les anges, mais le Seigneur des anges ». « Mais que dirais-je de ce qui est indicible ; ce que l'œil n'a point vu, ce que l'oreille n'a point entendu, ce qui n'est point venu au cœur de l'homme, comment cela pourrait-il être exprimé par les paroles[41] ? »

Tout mouvement cesse, la prière elle-même change de nature : « L'âme prie en dehors de la prière[42]. » C'est l'hésychie, le silence de l'esprit, son repos qui est au-dessus de toute oraison, la paix qui surpasse toute paix. C'est déjà le face-à-face étendu sur l'éternité, quand selon la belle parole de saint Jean Damascène « Dieu vient dans l'âme et l'âme émigre en Dieu[43]. »

L'apophatisme oriental rend témoignage à l'Esprit Saint, Personne qui demeure inconnue mais qui manifeste toute chose de Dieu et rend réelle toute vie spirituelle. Toujours consciente, celle-ci approfondit la connaissance spirituelle que saint Isaac appelle « le sens de la vie éternelle » et « le sens des réalités cachées ». Sa perfection est la contemplation-participation de la lumière divine de la Sainte Trinité, manifestée dans la vision de

---

40. *Id.*, *Hom. in Cant.*, dans P.G. 44, col. 852 A et B.
41. Saint Syméon, *Sermon* 90, éd. russe du Mont-Athos, 11, p. 489.
42. Saint Isaac, éd. Wensinck, p. 118.
43. Saint Jean Damascène, *De fide orth.*, dans P.G. 94, col. 1089.

l'hypostase du Christ transfiguré, donnée dès ici-bas aux saints qui vivent déjà le festin sans déclin de la rencontre.

Les révélations sur le chemin des ascensions paraissent obscures et lumineuses simultanément. Les fulgurations s'obscurcissent à la mesure des clartés plus hautes qui nous attendent et ainsi jusqu'à l'éternité et au-delà. Le même mystère se voile sans cesse pour se découvrir aussi sans cesse, chaque point d'arrivée devenant le lieu d'un nouveau départ. Mais l'homme, le sujet, ne reste pas le même. L'intériorisation fait retrouver le cosmos, matière de louange au fond de l'âme, dans le silence de plus en plus rempli de Dieu. L'homme subit des transfigurations, autant de dépassements, sur une ligne de crête de l'infini. Tout est unique, nouveau, jamais deux fois, reçu comme une nouvelle grâce d'allégresse et de joie pascale.

III

L'HOMME NOUVEAU

Aujourd'hui il ne s'agit plus seulement de réformer les structures et les institutions, il s'agit bel et bien d'enfanter un *homme nouveau,* maître tout-puissant de son destin et de l'histoire, lucidement convaincu de leur sens ou de leur absurdité, assumant l'un et l'autre au même titre. C'est dans cette tension profonde où l'homme pousse sa révolte jusqu'au point de vouloir se refaire lui-même que la vérité de Dieu risque d'être entendue comme jamais auparavant. Pour ses témoins, son audience postule une double exigence : être infiniment attentif à l'homme révolté et à sa tragique solitude afin d'inaugurer avec lui un dialogue valable et d'autre part présenter la vérité dans sa propre langue et à son propre niveau. Ici la Parole de Dieu, le kérygme évangélique ré-entendu, sera certes plus efficace que toute abstraction issue d'un système surtout théologique.

Le positivisme scientifique, l'existentialisme, le matérialisme marxiste ou tout simplement le bon sens de l'homme de la rue cherchent passionnément l'homme nouveau, le guide, le libérateur, celui qui tiendrait entre ses mains les destinées du monde et qui aurait les mots-clefs : *le pourquoi et le comment de la vie humaine.* On connaît l'adage évangélique : « Si un aveugle guide un aveugle, tous les deux tombent dans un trou », dans l'en-deçà de l'homme. Il s'agit donc de voir honnêtement si les aspirations actuelles sont de vrais dépassements et sur quoi elles débouchent.

1. L'ÉCHEC DE L'HUMANISME ATHÉE.

La matière humaine laissée à ses moyens naturels reste identique à travers les siècles, résiste à toute discipline imposée. « Plus ça change, plus c'est la même chose », dit le proverbe français. Bien plus, il y a une régression redoutable vers le *simius sapiens*, le « singe savant » qui s'avance, la bombe atomique entre les mains : c'est une modification anthropologique imprévue, à rebours. Le « dieu dansant » de Nietzsche risque de s'ennuyer terriblement dans cette évolution régressive vers l'*homo stupidus* des doctrinaires. Le clairvoyant philosophe Berdiaev constatait de manière irréfutable que Dieu et l'homme, son enfant, sont corrélatifs. « Là où il n'y a pas de Dieu, il n'y a pas d'homme non plus », tel est le bilan de la religion de l'homme.

L'homme apparaît toujours comme un être divisé, déchiré par ses passions, irréconcilié avec son propre destin, car il est incapable de donner un sens à sa mort. Le psalmiste le sait (Ps 8, 5), et s'émerveille que Quelqu'un se souvienne d'une créature aussi misérable. Il n'y a pas de troisième terme. Hors de ce Quelqu'un divin, Heidegger souligne profondément la solitude tragique de l'homme centré sur les soucis et la mort : *Sein zum Tode*, « l'être-pour-la-mort ». C'est pourquoi, selon lui, dès que l'homme se dépasse, il ne devient que « dieu impuissant ».

Malgré la tentative hégélienne et marxiste d'assigner à l'histoire un terme qui en fasse surgir l'homme nouveau, la phénoménologie et l'existentialisme ont exprimé des doutes sur cet homme et l'ont décrit comme un être brisé, vivant dans un « monde cassé ». Ainsi la masse écrasante de ses découvertes le rend incapable de construire une hiérarchie des valeurs, d'entrevoir un sens. Une extraordinaire richesse de consommation s'accompagne d'une frappante indigence du sentiment moral et religieux. Au comble de ses richesses, l'homme ne sait plus comment il doit se guider et se conduire. Comme un enfant gavé de cadeaux, englué dans les choses, l'homme est possédé par ses propres possessions. Mais justement à cause de l'abondance, il s'y attache moins. Comme sa voiture, aucun objet n'est destiné à être conservé, mais échangé en mieux. Rien n'est plus durable. Alors se pose la question : pourquoi ai-je tous ces biens, qu'en ferai-je ? Inquiet, soucieux, l'homme s'interroge : même pour un athée comme Merleau-Ponty, « l'homme est condamné au sens », ce qui signifie que sa dignité force l'homme à trouver une nouvelle vision, nouvelle car entièrement pensée.

2. LE MESSAGE DE L'ÉVANGILE.

Pour répondre à l'interrogation du monde, une réflexion seule n'est pas suffisante. Il faut faire appel à l'acte de foi, à ce « renouvellement de l'intelligence en Christ » (1 Co 2, 16) dont parle saint Paul. Le conflit entre les idéologies sécularisées, entre les hommes seuls, est sans issue. Il en appelle au troisième partenaire du dialogue, au Consolateur et Avocat pour que soit regardé « l'homme en situation » par les yeux de Dieu, par « les yeux de la colombe », comme dit saint Grégoire de Nysse.

L'Evangile est très explicite : « Moi, la Lumière, je suis venu dans le monde, afin que quiconque croit en moi ne demeure pas dans les ténèbres » (Jn 12, 46). Et si le Christ quitte le monde, il laisse sa Parole posée au cœur de l'histoire (Jn 12, 48). Parole de vie, elle n'est pas une doctrine statique, mais le lieu vivant de la Présence. C'est pourquoi tout témoin de l'Evangile est avant tout *présent* et *actuel*, il est à l'écoute du monde visible, mais il interprète à la lumière de l'invisible et fait converger ainsi la vision de Dieu sur l'histoire, et toutes les aspirations légitimes de l'humanisme moderne.

Le Témoin dit à tous : le Royaume de Dieu est au milieu de vous, Dieu est présent dans tous les événements du monde, mais vous ne le savez pas, vous ne le voyez pas. Il interpelle les hommes et les saisit dans l'épaisseur même de leur situation historique. Il montre la contemporanéité de Jésus et de l'homme de toute époque. C'est du dedans de l'humanisme et de ses valeurs que Dieu parle aux hommes du XX° siècle.

Tout le génie de Teilhard de Chardin est de montrer l'histoire du cosmos comme une évolution orientée vers l'homme. Si l'homme, certes, n'est plus au centre astronomique de l'univers, il est bien à son sommet, car l'homme est l'évolution cosmique devenue consciente d'elle-même. Si le temps de l'Ancienne Alliance se dirige vers le

Messie, après la Pentecôte, le temps de l'Eglise est orienté vers les *novissima* parousiaques et porte l'homme vers son accomplissement en tant que *nouvelle créature*, mais cette fois réellement nouvelle, car c'est Dieu lui-même qui devient l'Homme nouveau — *ecce Homo*, l'Homme absolu —, et tous le suivent.

Il ne s'agit pas de « rapiécer », de « rafistoler » l'homme ancien. « L'homme ancien s'en va en ruine, l'homme nouveau se renouvelle de jour en jour » dit saint Paul (2 Co 4, 16). La métamorphose de la seconde naissance est radicale : « O homme... prends garde à ce que tu es ! Considère ta dignité royale ! » s'écrie saint Grégoire de Nysse. « Qu'est-ce que l'homme ? » demande saint Paul : « Tu l'as fait peu inférieur aux anges, tu l'as couronné de gloire et d'honneur, tu as mis toutes choses sous ses pieds » (He 2, 7). Dans la pensée des Pères, à l'image des trois dignités du Christ, l'homme est roi, prêtre et prophète : « Roi par l'emprise sur ses passions, prêtre pour immoler son corps, prophète en étant instruit des grands mystères. » La grande charte de l'Evangile annonce joyeusement : « les choses vieilles sont passées, voici, toutes choses sont devenues nouvelles », car « celui qui est en Christ, il est une créature nouvelle » (2 Co 5, 17). Dès lors, « ce qui importe, c'est d'être une nouvelle créature » (Ga 6, 15). Et l'Ecriture se termine sur ce témoignage de Dieu : « Voici, je fais toutes choses nouvelles » (Ap 21, 5).

Dans la grandeur de ses confesseurs et de ses martyrs, le christianisme est messianique, révolutionnaire, explosif. L'Evangile appelle à la violence qui s'empare du Royaume et change la figure ancienne du monde en *novissima*.

3. LA SAINTETÉ, NOUVELLE DIMENSION DE L'HOMME.

Nouvelle créature, homme nouveau, ces termes sont synonymes de sainteté. « Vous tous, appelés saints », dit saint Paul. Sel de la terre et lumière du monde, les saints sont constitués comme des phares ou guides de l'humanité. Ces témoins, tantôt éclatants, tantôt obscurs et cachés, assument pleinement l'histoire. « Amis blessés de l'Epoux », les martyrs sont « les épis de froment que les rois ont moissonnés et le Seigneur les a placés dans les greniers de son Royaume ». Les saints prennent la relève des mains des martyrs et illuminent le monde. Mais l'appel de l'Evangile s'adresse à tout homme et c'est pourquoi saint Paul appelle tout fidèle « saint ».

Si, depuis l'Incarnation, l'Eglise selon Origène est « pleine de la Trinité », depuis la Pentecôte elle est pleine de saints. L'office de la Toussaint enlève toute limite : « Je chante tous les amis de mon Seigneur, celui qui le désire, qu'il se joigne à tous. » L'invitation est lancée à chacun, « la nuée des témoins vient à notre rencontre », dit saint Jean Chrysostome, pour proclamer l'invitation *urbi et orbi*.

La sainteté s'érige en note caractéristique de l'Eglise : *Unam Sanctam*. Et la communion des saints traduit la sainteté de Dieu : « Ta lumière, ô Christ, luit sur les visages de tes saints. » Mais que signifie la sainteté ? Si tous les mots visent à désigner les choses de ce monde, la sainteté n'a pas de référence dans l'humain. La sainteté est propre à Dieu. « Le Saint est son Nom », dit Isaïe (57, 15). La sagesse, la puissance, l'amour même ont des analogies dans la vie humaine ; or la sainteté est par excellence le « tout autre ». « *Tu solus Sanctus*, seul le Seigneur est saint » (Ap 15, 4). En même temps, l'ordre de Dieu est bien précis : « Soyez saints comme je suis saint » ; parce qu'il est le Saint absolu, Dieu nous rend saints en nous faisant participer à sa sainteté (He 12, 10).

C'est l'ultime action de l'amour de Dieu : « Je ne vous appelle plus mes serviteurs, mais mes amis » (Jn 15, 14-15). C'est le cœur même de la nouveauté ; attiré par l'aimant divin, l'homme est placé sur l'orbite de l'Infini divin. Dieu enlève l'homme de ce monde et le remet dans le monde en tant que saint, réceptacle des théophanies et source de la sanctification cosmique.

L'étymologie du mot « sainteté » en hébreu, par sa racine même, suggère une séparation, une mise à part, une appartenance totale à Dieu, une réserve que Dieu garde et destine à une vocation très précise dans le monde. Le *Sanctus* d'Isaïe suscite la terreur sacrée et fait ressortir la distance infinie entre le Saint transcendant de Dieu et la « poussière et cendre » de l'humain (Gn 18, 27). Dans le mystère de son Incarnation, Dieu transcende sa propre transcendance et son humanité déifiée devient « consubstantielle », immanente, accessible à l'homme, elle le place dans sa « proximité brûlante ».

Dans l'Ancien Testament, les théophanies marquaient quelques zones privilégiées où Dieu a manifesté son apparition fulgurante ; c'étaient des « lieux saints », tel le « buisson ardent » (Ex 3, 2). Mais depuis la Pentecôte, c'est le monde dans sa totalité qui est confié aux saints afin d'étendre le « buisson ardent » aux dimensions de l'univers : « Car toute la terre est mon domaine », dit Dieu. Jadis l'homme entendait : « Ote tes sandales de tes pieds, car le lieu que tu foules est une terre sainte » (Ex 3, 5) ; une parcelle de ce monde est sanctifiée car la sainteté divine l'a touchée. Une très ancienne composition iconographique de Jean-Baptiste marque le passage à un ordre nouveau : l'icône montre le Précurseur foulant la terre souillée par le péché, enchevêtrement extrême, mais là où il passe, la terre sous ses pas redevient paradis. L'icône veut dire : « Terre, redeviens pure, car les pieds qui te foulent sont saints. »

Un saint, homme nouveau, tranche sur l'habituel, sur l'ancien, et sa nouveauté est scandale et folie. Pour la praxis marxiste, un saint est un homme inutile, à quoi pourrait-il bien servir ? C'est cette « inutilité », plus précisément cette disponibilité totale envers le Transcendant qui pose justement des questions de vie ou de mort au monde oublieux. Un saint, même le plus isolé et caché, « vêtu d'espace et de nudité », porte sur ses fragiles épaules le poids du monde, la nuit du péché, il protège le monde de la justice divine. Quand le monde rit, le saint en pleurant attire sur les hommes la miséricorde divine. Tel ermite, avant de mourir, prononçant sa dernière prière comme un définitif *amen* de tout son ministère : « Que tous soient sauvés, que toute la terre soit sauvée... » Entrant dans la « communion du péché », les saints tirent tous les pécheurs vers la « communion des saints ».

Ce qui scandalise sûrement les incroyants, ce ne sont pas les saints, mais le fait combien redoutable que tous les chrétiens ne soient pas saints. Léon Bloy disait bien : « Il n'y a qu'une seule tristesse, c'est de n'être pas des saints. » Et Péguy : « Il a fallu des saints et des saintes de toutes sortes, et maintenant il en faudrait une sorte de plus. » Simone Weil accentuait plus fortement encore ce besoin d'une qualité particulière : « Le monde actuel a besoin de saints, de saints nouveaux, de *saints qui aient du génie...* »

4. LE TÉMOIN.

Pour comprendre cette exigence, il faut réentendre la parole du Christ que rapporte l'évangile de saint Jean (13, 20). Le Christ quitte ce monde, mais il laisse l'Eglise, il laisse l' « envoyé » qui reprend et continue sa mission de salut, il prononce cette parole si chargée d'un sens redoutable : « Quiconque reçoit celui que j'ai envoyé me reçoit ; et quiconque me reçoit reçoit celui qui m'a envoyé ». On le voit bien, le destin du monde, son salut ou sa perdition dépend de l'attitude de l'Eglise, ce qui veut dire de l'attitude de tout chrétien. Si le monde reçoit l'un de nous, il entre en communion avec Celui qui nous envoie. Cette parole fait trembler. A quelle grandeur, à quelle présence attentive à tout homme nous appelle-t-elle pour être reçue par le monde ? Comprenons-nous ce que Paul a fait en refusant son propre salut pourvu que son peuple soit sauvé ? Notre témoignage, notre sainteté sont-ils cet amour qui sauve ?

Jésus demande à ses disciples, à ses amis, d'être joyeux d'une grande joie dont les raisons sont au-delà de l'homme, dans le seul fait bouleversant que Dieu existe (Jn 14, 28). C'est dans cette joie limpide de l'amour désintéressé, offert entièrement et sans réserve, que gît le salut du monde et que l'appel prend sa nouvelle résonance. Non le pragmatisme et l'utilitaire « je t'aime pour te sauver », mais le geste purifié : « Je te sauve parce que je t'aime. » Ainsi notre génie est invité à découvrir la manière ou l'art d'être accepté, entendu, reçu par le monde. Saint Paul l'a trouvé en disant : « Ce n'est plus moi qui vis, c'est le Christ qui vit en moi » (Ga 2, 20). Les sermons ne suffisent plus, l'horloge de l'histoire marque l'heure où il ne s'agit plus de parler seulement du Christ, il s'agit de *devenir Christ*, le lieu de sa présence et de sa parole.

5. UN SAINT D'AUJOURD'HUI.

La foule cherche toujours « les signes et les miracles », mais le Seigneur déclare : « Ils n'en auront aucun. » Un saint d'aujourd'hui, c'est un homme comme tout le monde, mais tout son être est une question de vie ou de mort adressée au monde. Selon la belle parole de Tauler : « Certains subissent le martyre une bonne fois par le glaive, d'autres connaissent le martyre qui les couronne de l'intérieur », invisiblement. D'autres encore, au risque de leur vie, témoignent aujourd'hui, et leur témoignage est ce silence qui parle. Il y a aussi ceux qui sont appelés à témoigner face à l'opinion publique, à la mode, à la redoutable indifférence de la foule. Kierkegaard disait que la première prédication d'un prêtre devrait être aussi la dernière, un scandale tel qu'il soit mis immédiatement au ban de la société des « bien-pensants ». Il faut des saints qui sachent scandaliser, qui incarnent la folie de Dieu afin de rendre évidente la sottise des cosmonautes marxistes par exemple qui leur faisait chercher Dieu et les anges parmi les galaxies.

Un *homme nouveau,* ce n'est point un surhomme ni un thaumaturge. Il est dépouillé de toute « légende », mais il est beaucoup plus qu'une légende, il est actuel car il est témoin du Royaume qui éclate déjà en lui. Toutefois l'avertissement de l'Evangile demeure : « Celui qui a des oreilles, qu'il entende ! » A l'opposé des images de vedettes et des portraits gigantesques des chefs d'Etat partout encensés, un saint est un humble, pareil à tous, mais son regard, sa parole et ses actes « traduisent au ciel » les soucis des hommes et sur la terre le sourire du Père.

6. LE SAINT ET LA NATURE DU MONDE.

Les chrétiens « glorifient Dieu dans leur corps » (1 Co 6, 11-20), dit saint Paul : « Soit que vous mangiez, soit que vous buviez, et quoi que vous fassiez, faites tout pour la gloire de Dieu » (1 Co 10, 31). Il y a donc une manière toute nouvelle, on peut dire un « style évangélique » de faire les choses les plus quotidiennes et habituelles. Un paysan dans son champ, un savant qui étudie la structure de l'atome, leurs gestes et leurs regards sont purifiés par la prière, la matière qu'ils touchent est aussi une « nouvelle créature » rendue telle par l'attitude nouvelle de l'homme, car « toute la nature est en gémissement, en attente de sa libération dans l'homme nouveau » (Rm 8, 18-23). Attente anxieuse de la nature tendue comme le regard d'en bas vers le haut, ou « comme les yeux d'une servante vers les mains de son maître » (Ps 123, 2). Sa souffrance n'est pas la douleur de l'agonie, mais celle de la parturition.

Le Christ a détruit les trois barrières : la vieille nature, le péché, la mort ; il a changé l'obstacle en passage, en Pâque. « Il a changé la mort en sommeil de l'attente et il a réveillé les vivants. » Les éléments de la nature gardent leur apparence, mais le saint arrête leurs retours stériles et les dirige vers le terme désigné par Dieu à chacune de ses créatures. La parabole biblique, le *mashal*, introduit admirablement dans ce monde nouveau de Dieu : un semeur porte l'odeur de la bonne terre ouverte, une femme met le levain dans la pâte, ailleurs c'est le grain de blé, la vigne, le figuier. Le sensible enseigne les mystères les plus profonds de la création divine. La liturgie use des choses de ce monde et montre leur achèvement, elle opère une déprofanation, une dévulgarisation dans l'être même de ce monde. Elle « troue » son opacité close par l'irruption des puissances de l'au-delà et enseigne que tout est destiné à son achèvement liturgique. La terre recevra le corps du Seigneur et la pierre viendra clore le mystère de sa tombe avant d'être roulée par les anges devant les femmes myrophores, le bois de la croix rejoint l'arbre de la vie, la lumière rappelle toujours celle du Seigneur transfiguré, le blé et la vigne convergent vers la sanctification eucharistique « pour la guérison de l'âme et du corps », l'olivier offrira l'huile de l'onction et l'eau jaillira des baptistères pour le *lavacrum*, le bain régénérateur de la vie éternelle. Tout se réfère à l'Incarnation et tout aboutit au Seigneur. La liturgie intègre les actions les plus élémentaires de la vie : boire, manger, se laver, parler, agir, communier, vivre, mourir enfin en la résurrection. Elle leur restitue leur sens et leur véritable destination : être des pièces du Temple cosmique de la gloire de Dieu. Les Psaumes décrivent une sorte de danse sacrée où « les montagnes bondissent comme des béliers, et les collines comme des agneaux », aspiration secrète de tout vivant à chanter à son Créateur.

Saint Ambroise avertit ses catéchumènes du danger de mépriser les sacrements sous le prétexte de la matière commune employée. C'est que les actions divines ne sont pas visibles, mais « visiblement signifiées ». Pour les Pères, l'Eglise est ce nouveau paradis où l'Esprit Saint ressuscite des « arbres de vie », les sacrements, et où la royauté des saints sur le cosmos est mystérieusement restaurée. En eux, la vieille nature atteint le seuil de sa libération et, fécondée par l'Esprit, elle se prépare à sa secrète germination, à l'engendrement de la « nouvelle terre » du Royaume, comme elle avait engendré déjà en la Vierge-Mère la nature du second Adam.

7. LE SAINT ET LES HOMMES.

Les Pères enseignent que les moines sont simplement ceux qui prennent au sérieux le salut du monde, qui vont jusqu'au bout de leur foi et savent qu'elle est capable de déplacer les montagnes comme dit l'Evangile. Mais, à leur sens, tout croyant peut se faire « moine intériorisé » et trouver l'équivalent des vœux monastiques, exactement au même titre, dans les circonstances personnelles de sa vie, qu'il soit célibataire ou marié. Alors sa simple existence, sa seule mais pleine présence est déjà un scandale pour le conformisme d'un monde installé, un témoignage qui sauve de la médiocrité et de la fadeur de la vie courante. En Russie soviétique, un vrai croyant est un sourire de Dieu, une bouffée d'air frais dans l'ambiance d'ennui installée par les doctrinaires fanatiques.

Un homme nouveau est un homme de prière avant tout, un être liturgique : l'homme du *Sanctus*, celui qui résume sa vie par cette parole du psalmiste : « Je chante à mon Dieu tant que je vis. » Tout récemment, dans les cadres de l'athéisme d'Etat, l'épiscopat russe a exhorté les fidèles, faute d'une vie liturgique régulière, à devenir temple, à prolonger la liturgie dans leur existence quotidienne, à faire de leur vie une liturgie, à présenter aux hommes sans foi un visage, un sourire liturgiques, à écouter le silence du Verbe afin de le rendre plus puissant que toute parole compromise.

Une telle présence « liturgique » sanctifie toute parcelle de ce monde, contribue à la vraie paix dont parle l'Evangile. La prière de cet homme nouveau porte sur le jour qui vient, sur la terre et ses fruits, sur l'effort du savant et sur le travail de chaque homme. Dans l'immense cathédrale qu'est l'univers de Dieu, l'homme, prêtre de sa vie, ouvrier ou savant, fait de tout l'humain offrande, chant, doxologie. Aujourd'hui en Russie soviétique les persécutions s'intensifient, et dans ce climat de silence et de martyre, une prière étonnante, une splendide doxologie circule parmi les croyants et les appelle à « consoler le Consolateur » par leur abandon et leur amour : « Pardonne-nous à tous, bénis-nous tous, les larrons et les samaritains, ceux qui tombent sur la route et les prêtres qui passent sans s'arrêter, tous nos prochains — les bourreaux et les victimes, ceux qui maudissent et ceux qui sont maudits, ceux qui se révoltent contre Toi et ceux qui se prosternent devant ton amour. Prends-nous tous en Toi, Père Saint et Juste... »

Les Pères de l'Eglise disent que tout fidèle est un « homme apostolique » à sa manière. Il est celui dont la foi répond à la finale de l'Evangile selon saint Marc : « celui qui marche sur les serpents, domine toute maladie, déplace les montagnes et ressuscite les morts si telle est la volonté de Dieu » (Mc 16, 17-18). Qu'il vive simplement, mais pleinement sa foi, qu'il se place à son terme inébranlablement. Oui ! il faut le dire et le redire sans cesse, cette vocation n'est point l'expression d'un romantisme mystique, mais l'obéissance au sens le plus direct et le plus réaliste de l'Evangile. Et il ne s'agit point de grands saints ni d'élus particuliers. Toutes ces choses aussi grandes que les miracles sont à la portée de notre foi, et l'appel de Dieu, dont la puissance s'accomplit dans notre faiblesse, s'adresse à chacun d'entre nous. Devenir l'homme nouveau dépend de la décision immédiate et ferme de notre esprit, de notre foi qui dit *oui* simplement, humblement, et suit dans l'allégresse le Christ : alors tout est possible, et les miracles se font.

Une attitude de silence recueilli, d'humilité,

mais aussi une tendresse passionnée. Des ascètes aussi sévères que saint Isaac le Syrien ou saint Jean Climaque disaient qu'il faut aimer Dieu comme on aime sa fiancée ; pour Kierkegaard, « il faut lire la Bible comme un jeune homme lit la lettre de sa bien-aimée, elle est écrite *pour moi* ». Il est naturel alors d'être amoureux de toute la création de Dieu et de déchiffrer dans l'absurdité apparente de l'histoire le sens de Dieu, il est naturel de devenir lumière, révélation, prophétie.

Emerveillé de l'existence de Dieu, l'homme nouveau est aussi un peu fou de la folie dont parle saint Paul et c'est l'humour si frappant des « fous pour le Christ », seul capable de briser le sérieux pesant des doctrinaires. Comme le notait Dostoïevski, le monde risque de périr non par les guerres, mais d'ennui, et d'un bâillement grand comme le monde sortira le diable...

L'homme nouveau est aussi un homme que sa foi libère de la « grande peur du XXe siècle » : peur de la bombe, peur du cancer, peur de la mort. C'est un homme dont la foi est toujours une certaine manière d'aimer le monde en suivant le Seigneur jusqu'à la descente aux enfers. Dieu tient en réserve sa propre logique qui, sans contredire la Justice, y ajoute une nouvelle dimension et il faut laisser intact le secret ultime de sa miséricorde. Etre un homme nouveau, c'est être celui qui, par toute sa vie, par ce qui est déjà présent en lui, annonce Celui qui vient. Etre aussi celui qui, selon saint Grégoire de Nysse, plein « d'ivresse sobre » lance à tout passant : « Viens et bois. » Celui qui chante avec saint Jean Climaque : « Ton amour a blessé mon âme et mon cœur ne peut souffrir tes flammes ; j'avance en te chantant... »

L'HOMME NOUVEAU

Le christianisme, religion de l'absolument nouveau, est explosif. Dans le royaume de César, il nous est ordonné de chercher le Royaume de Dieu, et l'Evangile parle des violents qui s'emparent des cieux. Un des signes les plus sûrs de l'approche du Royaume est l'unité du monde chrétien. C'est l'ardent désir, l'ardente prière, l'ardente violence aussi du pape Paul VI et du patriarche Athénagoras lors de leur rencontre providentielle à Jérusalem, en janvier 1964. Il faut méditer leurs paroles sur « la charité fraternelle, ingénieuse à trouver de *nouvelles manières* de se manifester », car « le monde chrétien a vécu dans la nuit noire de la séparation, les yeux des chrétiens sont fatigués d'avoir le regard plongé dans la nuit ». Le miracle vient de Dieu seul, mais il est suspendu à notre transparente sincérité, à la pureté de notre cœur.

Image de toutes les perfections, Jésus-Christ est l'unique Evêque suprême, il est aussi l'unique laïc suprême, l'homme nouveau par excellence, le Saint. C'est pourquoi sa prière sacerdotale porte le désir de tous les saints : glorifier la Trinité sainte d'un seul cœur et d'une seule âme et réunir tous les hommes autour du seul et unique Calice eucharistique. La philanthropie divine nous attend pour partager cette joie qui n'est plus de ce monde seulement, elle inaugure le festin du Royaume. Au cœur de l'existence se pose la rencontre frontale avec Celui qui vient déjà, l'homme devient enfin tel qu'en lui-même l'éternité divine le change. Arrivé au terme de l'ultime désirable, il ne peut que dire cette parole magnifique d'Evagre qui décrit l'homme nouveau, « l'homme du VIII° jour » :

« Il est séparé de tout, et uni à tout ;
Impassible, et d'une sensibilité souveraine ;
Déifié, et il s'estime la balayure du monde.
Par-dessus tout, il est heureux,
Divinement heureux [1]... »

---

1. I. Hausherr, *Les Leçons d'un contemplatif. Le Traité d'oraison d'Evagre le Pontique*, Paris, 1960, p. 187.

IV

STARETS ET PÈRE SPIRITUEL

« Ne donnez à personne le nom de Père, car il n'y a qu'un seul Père céleste » (Mt 23, 9), dit le Seigneur. Pourtant, en Orient, dès le début du christianisme, on trouve les noms de « père spirituel », « père » tout court, *géron*, *starets*. L'évolution du mot sémitique *abba* est éclatante. Il passe dans toutes les langues du monde chrétien, mais désormais il signifie quelque chose d'absolument nouveau par rapport à l'Ancien Testament. Le nouveau vient de la révélation trinitaire. « *Abba*, Père », dans la prière de Jésus (Mc 14, 36) exprime une nuance d'intimité absolument impensable dans une prière juive. La Nouvelle Alliance révèle l'amour du Père envers son Fils, amour qui fait jaillir sa paternité sur tous les hommes, ses enfants, et le Seigneur nous apprend à dire « Notre Père ».

Selon la *Lettre à Diognète* (10, 1), les catéchumènes s'initiaient avant tout à connaître à travers le Fils et l'Esprit leur Père céleste, *Abba*, Père. Saint Cyrille d'Alexandrie *(Thesaurus)* enseigne qu'avec le Christ la relation Maître-esclave fait place au mystère Père-Fils. C'est dans cette lumière trinitaire qu'il faut comprendre la parole de l'Evangile : la pratique de la « paternité spirituelle » est un hommage rendu à l'unique parenté divine, à sa manifestation à travers les différentes formes de participation humaine. Les *Vies coptes de saint Pakhôme* disent au sujet de ses disciples : « C'est après Dieu que Pakhôme était leur père. » C'est dans ce sens que saint Jean dit « mes petits enfants » (1 Jn 2) et que saint Paul passe par les douleurs de l'enfantement (Ga 4, 19). La fécondité spirituelle est en relation avec la Croix. *Abba* Longin *(Apophtegmata)* transmet l'adage des pères : « Donne ton sang et reçois l'Esprit. » L'évêque Ignace Brianchaninov appelle la paternité « sacrement de filiation ». C'est pourquoi un « père spirituel » n'est jamais un maître qui enseigne, mais celui qui engendre à l'image du Père céleste. On n'apprend pas l'art de la paternité comme une science dans une école. La généalogie des Pères neptiques évoque la transmission de leur charisme en utilisant le verbe « engendrer »...

Il faut mettre à part le titre de « Père de l'Eglise », donné aux grands docteurs et théologiens qui sont Pères de l'Eglise dans son ensemble et aussi sur le plan doctrinal et dogmatique de la vérité.

Pour le « père » dans le sens d'une relation personnelle, nous avons deux traditions. L'une remonte à saint Ignace d'Antioche *(Magn.* 3, 1) et constitue la « paternité fonctionnelle » : on appelle tout évêque ou prêtre « père » en fonction de son sacerdoce. Ils baptisent et opèrent la filiation divine au moyen des sacrements et exercent la vertu pastorale inhérente au sacerdoce.

La seconde tradition remonte aux Pères du désert. Leur paternité ne relève d'aucune fonction sacerdotale. Saint Antoine, le fondateur du monachisme, était un simple laïc. Ici on est « père » par une élection divine, par un charisme de l'Esprit Saint, par l'état d'un « théodidacte », enseigné directement par Dieu. Ni l'âge, ni la fonction ne jouent de rôle. Les *Apophtegmata* racontent : « *Abba* Moïse dit un jour au frère Zacharie : "Dis-moi ce que je dois faire." A ces mots, celui-ci se jeta aux pieds du vieillard et dit : "C'est moi que tu interroges, Père ?" Le vieillard lui dit : "Crois-moi, Zacharie, j'ai vu l'Esprit Saint descendant sur toi et, depuis lors, je suis contraint de t'interroger"... »

Les *Apophtegmata Patrum* décrivent cette paternité charismatique ; les spirituels sont tellement père ou *abba* que ces collections de leurs dits et faits seront pour toujours des *Paterika*. Les évêques venaient chercher aide et conseil auprès de ces hommes simples, moines ou laïcs, mais qui étaient choisis et guidés directement par l'Esprit Saint. Le peuple les reconnaissait infailliblement, ils exerçaient un ministère charismatique à l'intérieur du magistère ordinaire des évêques.

La condition essentielle d'un « père spirituel », c'est d'être d'abord devenu soi-même *pneumatikos*, « spirituel ». Saint Syméon le Nouveau Théologien le dit : « Celui qui n'est pas encore engendré n'est pas capable d'engendrer ses enfants spirituels », et il ajoute : « Pour donner l'Esprit Saint il faut l'avoir. » Il se réfère à la parole du Seigneur : « Ce n'est pas vous qui parlez, mais l'Esprit de votre Père qui parle en vous » (Mt 10, 20) ; un père spirituel est un confident et un organe de l'Esprit Saint. Mais pour l'être — « médecin, guéris-toi toi-même » — il faut guérir la disjonction de la fonction axiologique du cœur d'avec la fonction gnoséologique de l'intelligence. L'hésychasme rétablit avant tout cette intégrité de l'être humain : « Faire descendre le *noûs*, esprit ou intelligence, dans le cœur. » Le cœur illuminé par l'intelligence et l'intelligence guidée par l'*éros* du divin s'ouvrent à l'Esprit et montrent que la « paternité spirituelle » n'est pas un ministère doctrinal, mais celui de la vie et de l'être. Palamas y insiste : « Notre piété est dans les réalités et non dans les paroles. »

Parmi les charismes d'un père, le primat revient à la charité dont la marque la plus sûre est le martyre visible ou invisible. « Toute ascèse privée de charité, disent les spirituels, toute ascèse qui n'est pas le "sacrement du frère" est vaine. » Saint Isaac le Syrien *(Sentences)* dit à son disciple : « Voici, mon frère, un commandement que je te donne : que la miséricorde l'emporte toujours dans ta balance, jusqu'au moment où tu sentiras en toi-même la miséricorde que Dieu éprouve envers le monde. » Ou encore : saint Païssius le Grand priait pour son disciple qui avait renié le Christ, et tandis qu'il priait le Seigneur lui apparut et lui dit : « Païssius, pour qui pries-tu ? Ne sais-tu pas qu'il m'a renié ? » Mais le saint ne cessait d'avoir pitié et de prier pour son disciple, et alors le Seigneur lui dit : « Païssius, tu t'es assimilé à moi par ton amour. » Un spirituel, dit saint Grégoire de Nazianze (*Or.* 4 ; *Contra Julianum*, 1), est « dépositaire de la philanthropie divine ». Son « cœur s'enflamme d'amour pour toute créature », c'est la « tendresse ontologique », charité cosmique des saints. Un ermite, après quarante ans de vie au désert, disait : « Le soleil ne m'a jamais vu manger » et un autre le corrige immédiatement : « Pour moi, il ne m'a jamais vu en colère. » L'abbé

Poëmen refuse les châtiments et manifeste une tendresse maternelle : « Lorsque je vois à l'office un frère qui s'assoupit, je place sa tête sur mes genoux et le laisse reposer » *(Apophtegmata)*.

Le don de « prière ignée » où l'on perd le sentiment de sa propre existence fait penser à la vie de saint Antoine. Il pria durant trois jours et trois nuits et, le troisième jour, les démons allèrent se jeter devant Dieu pour le supplier de réveiller le saint de sa prière, car sa flamme devenait insupportable et mettait en péril les assises démoniaques de ce monde. Saint Isaac et tant d'autres voyaient pendant leur prière « la flamme des choses » et se transformaient eux-mêmes en colonnes de lumière. « Si tu veux être parfait, deviens tout feu », disait l'abbé Joseph et en se levant il tendait ses mains vers le ciel et ses mains devenaient comme dix cierges allumés.

C'est aussi le don de prophétie, déchiffrement du dessein de Dieu dans des cas précis : scrutation des cœurs et des pensées secrètes, discernement des esprits et clairvoyance. Les *startsi* lisaient dans l'âme, savaient le contenu d'un message sans l'ouvrir, décachetaient surtout les cœurs. Bien avant les découvertes de la psychologie des profondeurs, ils manifestaient l'art étonnant de pénétrer le subconscient : « Beaucoup de passions sont cachées dans notre âme, mais échappent totalement à l'attention, la tentation les révèle » ; ou encore : « Qui manifeste ses pensées est bientôt guéri ; qui les cache se rend malade » — « Discerne tes pensées, interroge un père capable de les discerner »...

Dans leur ministère, les pères manifestent un net dépassement de toute forme définie. Saint

Séraphin de Sarov, en sortant vers les hommes, quitte les formes d'ermite et de styliste et, ayant acquis l'Esprit Saint, transcende même le monachisme. Il n'est plus ni moine retiré du monde, ni homme vivant dans le monde ; il est l'un et l'autre et le dépassement des deux, disciple, témoin et confident de l'Esprit Saint. « Moine ou laïc, disait-il, s'ils aiment Dieu du plus profond de leur âme... ils transporteront tous deux des montagnes, ils ressusciteront des morts si Dieu le veut... »

La redoutable *philautia*, « amour-propre », ferme l'homme sur lui-même. Pour la combattre de même que l'emprise du passionnel et l'esprit de suffisance, tout novice passe par l'obéissance mais les pères l'enseignent par l'exemple de leur propre vie et le soutiennent par leur prière incessante. Jean Climaque formule une sentence bien paradoxale : « Obéir, c'est exclure le discernement par surabondance de discernement... » (*Echelle*, 4), ici l'obéissance signifie la conviction consciente. La recherche d'une autorité et de l'obéissance formelle est une tentation. La paternité n'a pas de critère formel tout comme la vérité. Selon l'abbé Antoine, un *starets* est un père quand il « juge selon l'Esprit Saint qui est en lui ». Rien d'automatique non plus ; un frère dit à Antoine : « Prie pour moi. » Antoine répond : « Ni moi je n'aurai pitié de toi, ni Dieu, si tu ne t'y mets pas toi-même sérieusement, particulièrement à la prière » (*Apopht.*).

Le dernier mot de la filiation spirituelle est au-delà de l'obéissance. Le novice doit obéir et se soumettre comme celui qui rend obéissance au Christ, afin d'arriver à la conformation au Christ obéissant (Théodore le Studite, *Epist.* 43).

La soumission constitue une propédeutique, initiation progressive à une paix d'origine divine : « L'œuvre de l'*hésychia*, c'est l'insouciance à l'égard de toutes les choses » (Jean Climaque, *Echelle*, 27). Le dépassement de l'obéissance opère la totale substitution de la volonté divine à la volonté humaine, on touche ici l'essentiel de la paternité spirituelle : *elle n'a pas d'autre raison d'être que de conduire du stade d'esclave à la liberté des enfants de Dieu.*

C'est pourquoi les pères avertissent du danger encouru en cherchant une aide tout humaine. Saint Basile conseille de trouver un « ami de Dieu » dont on ait la certitude que Dieu parle par lui. Plus grande est l'autorité d'un père, et plus grand est son effacement. Un disciple formule bien le but de sa requête : « Mon père, confie-moi ce que l'*Esprit Saint te suggère*, afin de guérir mon âme » ; « dis-moi une seule parole — *rhêma* — pour que mon âme en vive », parole vivifiante, paraclétique. Saint Séraphin précise : « Je renonce totalement à ma volonté et à ma propre science des âmes, j'écoute les suggestions de l'Esprit... »

« Un père, dit l'abbé Poëmen, met l'âme en rapport direct avec Dieu », et il conseille : « Ne commande jamais, mais sois pour tous un exemple, jamais un législateur. » Ce n'est pas dans les règles mais en Dieu qu'on chemine ici. La peur de déformer l'intégrité de la personne explique chez un père l'oblation totale de soi-même. Un jeune homme vint trouver un *starets* pour être instruit dans la voie de la perfection, mais le vieillard ne disait mot. L'autre lui demande la raison de son silence. « Suis-je donc un supérieur pour te commander ? lui répondit-il. Je ne dirai rien. Fais, *si tu le veux*, ce que tu me vois faire. » Dès lors le novice imita en tout le *starets* et apprit le sens du silence et de l'obéissance libre.

Un père spirituel n'est jamais un « directeur de conscience ». Il ne forme jamais *son* enfant spirituel, il engendre un enfant de Dieu, adulte et libre. Tous les deux se mettent en commun à l'école de la vérité. Le disciple reçoit le charisme de l'attention spirituelle, le père reçoit le charisme d'être l'organe de l'Esprit Saint. Ici toute obéissance est obéissance à la volonté du Père céleste, en participant aux actes du Christ obéissant.

A ceux qui se sont exercés dans l'art de l'humilité, Théognoste dit : « Celui qui a réalisé la soumission, l'obéissance spirituelle, et assujetti le corps à l'esprit, n'a pas besoin de soumission à un homme. Il est soumis au Verbe de Dieu et à sa loi, comme un obéissant véritable » (*Philocalie*). Bien plus : « Qui veut habiter le désert (l'intériorité, la profondeur) ne doit pas avoir besoin d'être enseigné, il doit être lui-même docteur, sans quoi il pâtira... » (*Vitae Patrum*, VII, 19, 6). Mais ceci est pour les forts. Toutefois le conseil explicite l'essentiel : aucune obéissance aux éléments humains, aucune idolâtrie d'un père, même s'il est un saint. Tout l'effort d'un *starets* est de conduire son fils spirituel à l'état d'un affranchi prosterné devant la face de Dieu. La vraie obéissance crucifie toute volonté propre, afin de ressusciter dans l'ultime liberté : l'esprit à l'écoute de l'Esprit.

Les *ultima verba* des pères pour notre temps, c'est l'appel à l'envol puissant du cœur humain pour qu'il s'approche du cœur divin. « Pour ceux qui sont devenus enfants de la lumière et fils du jour à venir, dit saint Syméon, le jour du Seigneur ne viendra pas car ils sont toujours avec Dieu et en Dieu. » — « Celui qui prie sans cesse enveloppe tout dans sa prière. Il n'est plus dans l'obligation de louer le Seigneur sept fois le jour » (*Philocalie*, p. 129).

La sainteté des hommes du VIII° jour est la sainteté créatrice de l'audace : « Il y a de la lumière à l'intérieur d'un homme de lumière, et il illumine le monde entier » (*Ev. selon Thomas*, log. 23).

V

DE LA MORT A LA VIE

1. LA MORT.

Le silence des morts pèse sur les vivants. Toutefois, depuis le Christ la mort est chrétienne, elle n'est plus une intruse, mais la grande initiatrice. « Reine des épouvantements » selon Job, la mort arrête les habituelles profanations et les oublis, elle frappe par son événement irréversible. Elle n'a pas d'existence en elle-même, ce n'est pas la vie qui est un phénomène de la mort, mais c'est la mort qui est un phénomène provisoire de la vie. Tout comme la négation est postérieure à l'affirmation, elle est un phénomène secondaire et essentiellement parasitaire. Après la rupture de l'équilibre initial, la mort devient le destin « naturel » des « mortels » tout en étant contre nature, ce qui explique l'angoisse des mourants. L'ampleur du mal se mesure à la puissance de l'antidote. La blessure est si profonde, le mal est si virulent, qu'ils exigent une thérapeutique proprement divine et c'est le tragique de *la mort de Dieu* et, à sa suite, notre propre passage par *la purification* de la mort. L'Incarnation du Verbe est déjà l'amorce de la Résurrection. Le Verbe s'unit à la nature « morte » pour la vivifier et la guérir. « Il prit un corps capable de mourir afin que, souffrant lui-même pour tous dans ce corps où il était venu, il réduisît à rien le Maître de la mort[1]. » Il s'est « approché de la mort jusqu'à prendre contact avec l'état de cadavre et fournir à la nature le point de départ de la résurrection[2] ». Il « a détruit la puissance de la mortalité[3] ».

La Bible n'enseigne aucune immortalité naturelle. La résurrection dont parle l'Evangile n'est point la survie de l'âme mais la pénétration du tout de l'être humain par les énergies vivifiantes de l'Esprit divin. Le Credo le confesse : « J'attends la résurrection des morts », et « Je crois à la résurrection de la chair ». Les saints vivent la mort avec joie, dans l'allégresse de naître au monde de Dieu. Saint Séraphin de Sarov enseignait le « joyeux mourir ». C'est pourquoi il adressait à tous cette salutation pascale : « Ma joie, Christ est ressuscité », la mort est inexistante et la vie règne. La mort pour saint Grégoire de Nysse est chose bonne et saint Paul le dit dans une vision étonnante : « Toutes choses sont à vous, soit la vie, soit la mort » (1 Co 3, 22), les deux sont au même titre les dons de Dieu mis à la disposition de l'homme.

En l'assumant pleinement, l'homme est prêtre de sa mort, il est ce qu'il fait de sa mort. L'extrême-onction introduit dans ce sacerdoce ultime, offre « une huile d'allégresse », suscite l'exaltation du cœur au-dessus du corps en agonie. Diadoque note que les maladies tiennent lieu de martyre. Quand, en face du bourreau que la mort remplace, l'homme peut l'appeler « notre sœur la mort » et

1. Saint Athanase, *De Incarn.*, 20.
2. Saint Grégoire de Nysse, *Catéch.*, 32, 3.
3. Saint Cyrille d'Alexandrie, *In Luc.*, 5, 19.

confesser le Credo, il anticipe et vit cette évidence d'avoir passé de la mort à la vie. Les grands spirituels dormaient dans leur cercueil comme dans un lit nuptial et manifestaient une fraternelle intimité avec la mort qui n'est qu'un ultime passage-pâque. Si la sagesse selon Platon enseigne l'art de mourir, seule la foi chrétienne apprend comment il faut mourir en la résurrection. En effet, la mort est entièrement dans le temps, donc elle est *derrière nous*; devant, se trouve ce qui est déjà vécu dans le baptême : la « petite résurrection », et dans l'eucharistie : la vie éternelle. « Celui qui m'écoute a la vie éternelle, il ne vient pas en jugement, il est déjà passé de la mort à la vie » (Jn 5, 24, et Col 2, 12).

2. LE PASSAGE DE PURIFICATION ET L'ATTENTE CÉLESTE.

La mort est appelée liturgiquement « dormition » : il y a une partie de l'être humain qui est en état de sommeil, ce sont les facultés psychiques attachées au corps, et une partie qui reste consciente, ce sont les facultés psychiques attachées à l'esprit. Maints passages du Nouveau Testament montrent suffisamment que les morts possèdent une conscience parfaite. La vie, en passant par la mort, continue et justifie la prière liturgique pour les morts. Si l'existence entre la mort et le jugement dernier peut être appelée le purgatoire, celui-ci n'est pas un lieu, mais un état intermédiaire.

L'Orient enseigne la purification après la mort, non pas comme une peine à purger, mais comme le destin assumé et vécu jusqu'au bout avec l'espérance d'une guérison progressive au terme. L'attente collégiale de tous les morts est créatrice à cause de sa réceptivité. La prière des vivants, les offices de l'Eglise, le ministère par intercession des anges interviennent et continuent l'œuvre de salut du Seigneur. Ce n'est pas tant la faute qu'on répare que la nature qui se répare, retrouve son intégrité et la « santé » du Royaume. Ce qui explique l'image fréquente du passage des morts par les « douanes » *(télonies)* où on laisse aux démons ce qui leur appartient et où l'on se libère en ne gardant que ce qui est au Seigneur. Il ne s'agit pas de tortures ni de flammes, mais de la maturation par le dépouillement de toute souillure qui pèse sur l'esprit.

Le mot « éternité » en hébreu, est pris du verbe *alam*, qui veut dire « cacher ». Dieu a enveloppé d'obscurité le destin d'outre-tombe et il ne s'agit nullement de violer le secret divin. Toutefois, la pensée patristique affirme nettement que le temps entre la mort et le jugement n'est pas vide et, comme le dit saint Irénée, les âmes « mûrissent[4] ». Saint Ambroise parle du « lieu céleste » où demeurent les âmes. Selon la tradition, c'est le « troisième ciel » dont parle saint Paul, le ciel des « paroles ineffables » (2 Co 12, 2-4). Il est évident qu'il ne s'agit nullement de notions spatiales. C'est un langage symbolique, donc mystérieux par essence. Les approches du Royaume désignent non pas des lieux mais des états et des mondes spirituels. Selon saint Grégoire de Nysse, les âmes accèdent au monde intelligible, à la cité des hiérarchies célestes au-dessus du ciel, ce qui signifie

---

4. *Adv. haer.*, dans P.G. 7, col. 806.

au-dessus des dimensions connues. C'est l'Eden devenu le parvis du Royaume, appelé aussi « sein d'Abraham », « lieu de lumière, de rafraîchissement et de repos [5] ».

Cette ascension dépouille du poids du mal et les âmes purifiées montent d'une demeure à l'autre (les *mansiones* d'Ambroise), d'un état à l'autre, s'initient graduellement au mystère de l'au-delà et se rapprochent du Temple-Agneau. Les âmes et les anges entrent dans l'intercommunion préalable et au chant du *Sanctus* montent ensemble les parvis de la « Maison de l'Eternel ». C'est le sanctuaire où entre le Seigneur (He 9, 24), où les « amis blessés de l'Epoux », les martyrs et les saints sont réunis en *Communio Sanctorum*, autour du cœur-agapè du Dieu-Homme. C'est encore la vie des esprits désincarnés, enveloppés comme d'un manteau par la présence du Christ dont la chair glorifiée et rayonnante de lumière supplée à la nudité des âmes. Les sens devenus intérieurs à l'esprit captent le céleste.

C'est l'attente active, en communion de prière avec l'Eglise qui se vêt de lin pourpre, des œuvres des saints qui les suivent (Ap 14, 13 ; 19, 8). La parole « Je dors mais mon cœur veille » (Ct 5, 2) désigne le sommeil vigilant de la « petite résurrection ». Tout en franchissant les degrés, les âmes attendent le « Jour du Seigneur ». C'est le mystère du Corps tout entier, de la « gerbe liée des blés moissonnés », car « il n'y a qu'un seul corps qui attend la béatitude parfaite [6] », et ce n'est qu'à cette plénitude que l'abîme du Père s'ouvre. Le

---

5. Prière pour les défunts.
6. Origène, *in Lev.*, Hom. 7, n° 2.

regard de tous se dirige vers la constitution du *Totus Christus*, l'Avent eschatologique débouche sur le destin unique de l'Homme reconstitué tout entier en Christ.

3. LA FIN DU MONDE.

« La figure de ce monde passe », mais « celui qui fait la volonté de Dieu demeure éternellement » (1 Co 7, 31 ; 1 Jn 2, 17). Il y a ce qui disparaît et il y a ce qui reste. L'image apocalyptique parle du feu qui refond et purifie la matière, mais ce passage est celui de la limite. Il y a un hiatus. Le « dernier jour » ne devient pas un hier et il n'aura pas de lendemain, il ne fera pas nombre avec les autres jours. La main de Dieu saisit le cercle clos du temps phénoménal et l'élève à une horizontale supérieure [7]. Ce « jour » clôt le temps historique, mais lui-même n'appartient pas au temps ; il ne se trouve pas sur nos calendriers et c'est pour cela qu'on ne peut pas le prédire. « Devant le Seigneur, un jour est comme mille ans », il s'agit ici de mesures ou d'états *incomparables*. Ce caractère transcendant de la fin en fait l'objet de la révélation et de la foi.

4. LA PAROUSIE ET LA RÉSURRECTION.

La Parousie rendra évident pour tous l'avènement fulgurant du Christ en sa gloire. Mais ce n'est pas de l'histoire que la Parousie sera visible

---

7. Saint Grégoire de Nysse, dans P.G. 44, col. 504 D.

mais au-delà de l'histoire, ce qui présuppose le passage à un autre éon : « Tous seront transformés » (1 Co 15, 51) — « Les vivants qui seront encore là seront emportés sur des nuées pour rencontrer le Seigneur dans les airs » (1 Th 4, 17). Selon saint Paul, il y a une énergie du grain de semence que Dieu fait resurgir : « On sème un corps psychique, il ressuscite un corps spirituel » (1 Co 15, 44) revêtu de l'immortalité et de l'image du céleste ; « Tous sortiront à l'appel de la voix. » Les textes eschatologiques présentent une densité symbolique qui supprime toute simplification et surtout tout sens littéral. La parole impuissante laisse place aux images d'une dimension transcendante pour le monde. Le sens précis nous échappe totalement et nous invite à « honorer en silence » la réalité dont il a été dit : « L'œil n'a pas vu, l'oreille n'a pas entendu et il ne vient jamais au cœur de l'homme ce que le Seigneur a préparé pour ceux qui l'aiment » (1 Co 2, 9).

La résurrection est une ultime surélévation. La main de Dieu saisit sa proie et l'enlève dans une dimension inconnue. On peut dire tout au plus que l'esprit retrouve la plénitude de l'être humain, âme et corps gardés parfaitement identiques à leur propre unicité. Saint Grégoire de Nysse parle du « sceau », de « l'empreinte » qui se rapporte à la forme du corps (qui est une des fonctions de l'âme) et qui permettra de reconnaître le visage connu. Le corps sera semblable au corps du Christ ressuscité, ce qui veut dire : plus de pesanteur et d'impénétrabilité. L'énergie de répulsion qui rend tout opaque, impénétrable, laissera place à la seule énergie d'attraction et d'interpénétration de tous et de chacun.

5. LA NOTION PATRISTIQUE DU SALUT-GUÉRISON.

Jésus sur la Croix disait : « Mon Père, pardonne-leur, ils ne savent ce qu'ils font » (Lc 23, 34). Ne pas savoir ce que l'on fait est le propre d'un malade, le comportement d'un insensé rendu sourd et aveugle.

A la lumière biblique, le salut n'a rien de juridique, il n'est pas une sentence de tribunal. En hébreu, salut *(yéchà)* signifie la totale délivrance, et en grec l'adjectif *sôs* correspond au *sanus* latin et veut dire rendre la santé. L'expression « ta foi t'a sauvé » inclut son synonyme : « Ta foi t'a guéri. » C'est pourquoi le sacrement de la confession est conçu comme « clinique médicale » et l'eucharistie selon saint Ignace d'Antioche est « remède d'immortalité ». Le concile in Trullo (692) précise : « Ceux qui ont reçu de Dieu le pouvoir de lier et de délier, se comporteront en médecins attentifs à trouver le remède que réclament chaque pénitent et sa faute » car « le péché est la maladie de l'esprit ». Jésus-Sauveur, selon les Pères, est le « Guérisseur divin », « Générateur de la santé », disant : « Ce ne sont pas les gens bien-portants qui ont besoin de médecin, mais les malades » (Lc 5, 31). Un pécheur est un malade qui ignore la nature maligne de son état. Son salut serait l'élimination du germe de corruption et le dévoilement de la lumière du Christ, le retour vers l'état normatif de la nature, vers sa santé ontologique.

6. LE JUGEMENT.

Saint Paul parle de la faculté de se voir « le visage découvert », c'est déjà le pré-jugement, et le jugement dernier sera la vision totale du tout de l'homme. Simone Weil dit profondément : « Le Père des Cieux ne juge pas... par lui les êtres se jugent. » Selon les grands spirituels, le jugement est cette révélation à la lumière non pas de la menace du châtiment mais de l'amour divin. Dieu est éternellement identique à lui-même, il est amour. « Les pécheurs dans l'enfer ne sont pas privés de l'amour divin », dit saint Isaac, et c'est le même amour qui subjectivement « devient souffrance dans les réprouvés et joie dans les bienheureux »[8]. Après la révélation de la fin des temps, on ne pourra plus ne pas aimer le Christ ; mais l'indigence, le vide du cœur rendent incapable de répondre à l'amour de Dieu et c'est la souffrance indicible de l'enfer.

L'Evangile emploie l'image de la séparation des brebis et des boucs. Or il n'existe point de saints parfaits, de même que, dans tout pécheur, il y a au moins quelques parcelles de bien. Selon l'épître aux Romains, la loi condamne le péché et le pécheur ensemble, sa seule victoire sur le mal est l'anéantissement du pécheur. Or, le Christ sur la Croix a séparé le péché du pécheur, il a condamné et détruit le pouvoir du péché et il a sauvé le pécheur. A cette lumière, la notion du jugement s'intériorise, ce n'est pas une séparation entre les hommes mais à l'intérieur de tout homme. Dans

---

8. *Homélies spirituelles*, 11, 1, dans P.G. 34, col. 5440.

ce cas, même la « mort seconde » se rapporte non pas aux êtres humains, mais aux éléments démoniaques qu'ils portent en eux. C'est le sens précis de l'image du « feu » qui n'est pas torture et punition mais purification et guérison. L'épée divine pénètre les profondeurs humaines et révèle que ce qui fut donné par Dieu comme don n'a pas été reçu, elle dévoile ainsi le vide creusé par le refus de l'amour et la tragique dissemblance entre l'image-appel et la ressemblance-réponse. Mais la complexité du mélange du bien et du mal pendant la vie terrestre, décrite dans la parabole du froment et de l'ivraie (Mt 13, 24-30), rend toute notion juridique inopérante et nous place devant le plus grand mystère de la Sagesse divine, convergence de la justice et de la miséricorde. « Au soir de notre vie nous serons jugés sur l'amour », sur ce que nous avons aimé sur la terre.

7. LA DESCENTE AUX ENFERS.

Le *Fiat* humain, proclamé par la Vierge Marie de la part de tous, exige la même liberté que le *Fiat* créateur de Dieu. Et c'est pourquoi Dieu accepte d'être refusé, méconnu et rejeté par la révolte de sa propre créature. Sur la Croix, Dieu contre Dieu a pris le parti de l'homme. L'humanité depuis Adam a abouti au Shéol, sombre séjour des morts. L'office du Samedi de la Passion chante : « Tu es descendu sur la terre pour sauver Adam, et ne l'y trouvant pas, ô Maître, tu es allé le chercher jusque dans les enfers. » C'est donc là que le Christ ira le chercher, chargé du péché et des stigmates de l'Amour crucifié, du souci sacerdotal du Christ-Prêtre pour le destin de ceux qui sont aux enfers.

Si « le Royaume de Dieu est au milieu de vous », l'enfer y est présent aussi. Toute une partie du monde moderne d'où Dieu est exclu l'est déjà. Selon saint Jean Chrysostome, le baptême ce n'est pas seulement mourir et ressusciter avec le Christ, mais aussi descendre aux enfers en suivant le Christ. A la différence de Dante à qui Péguy reprochait de descendre aux enfers « en touriste », tout baptisé y rencontre le Christ et c'est la mission de l'Eglise. Dieu a créé l'homme comme une « autre liberté » et le risque que Dieu a pris annonce déjà « l'homme de douleurs », profile l'ombre de la Croix, car selon les Pères, « *Dieu peut tout, sauf contraindre l'homme à l'aimer* ». Dans son attente, Dieu renonce à sa toute-puissance, même à son omni-science, et assume pleinement sa kénose sous la figure de l'Agneau immolé. Son destin parmi les hommes est suspendu à leur *fiat*. Il prévoit le pire et son amour n'en est que plus vigilant, car l'homme peut refuser Dieu et bâtir sa vie sur son refus, sur sa révolte. Qui l'emporte, l'amour ou la liberté ? Les deux sont infinis et l'enfer porte cette question dans sa chair brûlante.

8. L'ENFER.

La conception courante des souffrances éternelles n'est qu'une opinion scolaire, une théologie simpliste de nature « pénitentielle » et qui néglige la profondeur de textes comme *Jean* 3, 17 et 12, 47. Ce qui est inconcevable, c'est d'imaginer qu'à côté de l'éternité du Royaume, Dieu prépare celle de l'enfer, ce qui serait, dans un certain sens, un échec de Dieu et une victoire partielle du mal.

Si jadis saint Augustin réprouvait les « miséricordieux », partisans de la conception du salut universel issue d'Origène, c'était pour écarter le libertinisme et le sentimentalisme déplacés ; or aujourd'hui l'argument pédagogique de la peur est totalement inefficace. Par contre, le tremblement sacré devant les choses saintes sauve le monde de sa fadeur et « l'amour parfait bannit la crainte » (1 Jn 4, 18). A l'opinion personnelle de l'empereur Justinien (qui s'apparente aux « justes » de l'histoire de Jonas) s'oppose la doctrine de saint Grégoire de Nysse[9] qui n'a jamais été condamnée. Il parle de la rédemption même du diable ; saint Grégoire de Nazianze[10] mentionne l'apocatastase ; saint Maxime le Confesseur[11] invite l'homme à « l'honorer en silence » car l'esprit de la foule n'est pas apte à saisir la profondeur des paroles et il n'est pas sage d'ouvrir aux imprudents des aperçus sur l'abîme de la miséricorde. Selon saint Antoine, l'apocatastase n'est pas une doctrine, ni le thème d'un discours, mais la prière pour le salut de tous. Jésus-Sauveur en hébreu signifie « Libérateur » et, comme le dit magnifiquement Clément d'Alexandrie : « De même que la volonté de Dieu est un acte et qu'elle s'appelle le monde, ainsi, son intention est le salut et elle s'appelle l'Eglise[12]. » Il s'agit d'une maladie à guérir même si le remède est le sang de Dieu.

Sans rien « préjuger », l'Eglise s'abandonne à

9. Dans P.G. 46, col. 609 C et 610 A.
10. Dans P.G. 36, col. 412 A et B.
11. Dans P.G. 90, col. 412 A et 1172 D.
12. *Pédagogue* 1, 6.

la « philanthropie » du Père et redouble sa prière pour les vivants et pour les morts. Les plus grands parmi les saints trouvent l'audace et le charisme de prier même pour les démons. Peut-être l'arme la plus redoutable contre le Mauvais est-elle justement la prière d'un saint, et le destin de l'enfer dépend-il de la volonté transcendante de Dieu, mais aussi de la charité des saints. Tout fidèle orthodoxe, en s'approchant de la table sainte, confesse : « Je suis le premier des pécheurs », ce qui veut dire le plus grand, l'« unique pécheur ». Saint Isaac note : « Celui qui voit son péché est plus grand que celui qui ressuscite les morts. » Une pareille vision de sa propre réalité nue enseigne qu'on ne peut parler de l'enfer que lorsqu'il nous concerne personnellement. *Mon* attitude est de lutter contre *mon* enfer qui me menace si je n'aime pas les autres pour les sauver. Un homme très simple avoue à saint Antoine : « En regardant les passants, je me dis : "Tous seront sauvés, moi seul serai damné" », et saint Antoine de conclure : « L'enfer existe vraiment, mais pour moi seul... » En reprenant la formule de saint Ambroise : « Le même homme est à la fois condamné et sauvé », on peut dire que le monde dans sa totalité est aussi « à la fois condamné et sauvé ». Alors, l'enfer, peut-être est-ce dans sa condamnation qu'il trouve sa transcendance. Il semble que ce soit là le sens de la parole que le Christ aurait dit à un *starets* contemporain, Sylvain de l'Athos : « Garde ton esprit en enfer, mais ne désespère pas... »

L'Orient ne met de limite ni à la miséricorde de Dieu ni à la liberté de l'homme de refuser cette grâce. Mais surtout il ne met pas de limite à l'art d'être témoin, à la charité inventive face à la dimension infernale du monde. Tout baptisé est un être invisiblement « stigmatisé », « Jésus est une blessure dont on ne guérit pas », a dit Ibn Arabi. C'est cette blessure par le destin des autres qui ajoute quelque chose à la souffrance du Christ « entré en agonie jusqu'à la fin du monde ». Imiter le Christ, c'est se configurer au Christ total, c'est descendre à sa suite au fond du gouffre de notre monde. L'enfer n'est pas autre chose que l'autonomie de l'homme révolté qui l'exclut du lieu où Dieu est présent. La puissance de refuser Dieu est le point le plus avancé de la liberté humaine; elle est voulue telle par Dieu, c'est-à-dire sans limites. Dieu ne peut forcer aucun athée à l'aimer et c'est, on oserait à peine le dire, l'enfer de son amour divin, la vision de l'homme immergé dans la nuit des solitudes.

Si Judas s'enfuit dans la nuit (Jn 13, 2-30), c'est que Satan est en lui. Mais Judas emporte dans sa main un terrible mystère, le morceau de pain du Repas du Seigneur [13]. Ainsi l'enfer garde dans son sein une parcelle de lumière, ce qui répond à la parole: « La Lumière luit dans les ténèbres. » Le geste de Jésus désigne le dernier mystère de l'Eglise: elle est la main de Jésus offrant sa chair et son sang; l'appel s'adresse à tous, car tous sont au pouvoir du Prince de ce monde. La lumière ne dissipe pas encore les ténèbres, mais les ténèbres cependant n'ont pas d'emprise sur la lumière invincible. Nous sommes dans la tension ultime de l'amour divin. Dieu n'est pas « impassible ». Le Livre de Daniel (3, 25) parle des trois jeunes gens

---

13. C'est l'opinion de saint Ephrem, saint Jean Chrysostome, saint Ambroise, saint Augustin, saint Jérôme.

jetés dans la fournaise. Le roi aperçoit la présence *mystérieuse* du quatrième : « Je vois quatre hommes qui se promènent dans le feu sans qu'il leur arrive de mal, et le *quatrième a la figure du Fils de Dieu...* »

C'est à ce niveau que nous trouvons l'exigence de l'enfer qui témoigne de notre liberté d'aimer Dieu. C'est elle qui engendre l'enfer car elle peut toujours dire avec tous les révoltés : « Que ta volonté ne soit pas faite » et même Dieu n'a pas d'emprise sur cette parole. Par les raisons de notre cœur, nous sentons que notre vision de Dieu devient inquiétante si Dieu n'aime pas sa créature jusqu'à renoncer à la punir par une cruelle séparation ; elle est aussi inquiétante si Dieu ne sauve pas l'aimé sans toucher ni détruire sa liberté... Le Père qui envoie son Fils sait toujours que même l'enfer est son domaine et que la « porte de la mort » est changée en « porte de la vie ». L'homme ne doit jamais tomber dans le désespoir, il ne peut tomber qu'en Dieu et c'est Dieu qui ne désespère jamais.

Lors des matines de la nuit de Pâques, dans le silence de la fin du grand Samedi, le prêtre et le peuple quittent l'église. La procession s'arrête à l'extérieur devant la porte fermée du temple. Pour un bref instant, cette porte fermée symbolise la tombe du Seigneur, la mort, l'enfer. Le prêtre fait le signe de la croix sur la porte, et sous sa force irrésistible, la porte, tout comme la porte de l'enfer, s'ouvre toute grande et tous entrent dans l'église inondée de lumière et chantent : « Le Christ est ressuscité des morts, il a vaincu la mort par la mort, il a donné la vie à *tous ceux qui sont dans les tombeaux !* » La porte de l'enfer est redevenue la porte de l'Eglise, du Royaume. On ne peut pas aller plus loin dans la symbolique de la fête. En vérité, le monde dans sa totalité est à la fois condamné et sauvé, il est à la fois l'enfer et le Royaume de Dieu. « Voici, mon frère, un commandement que je te donne, dit saint Isaac, que la miséricorde l'emporte toujours dans ta balance, jusqu'au moment où tu sentiras en toi-même la miséricorde que Dieu éprouve envers le monde [14]. »

Les grandes vêpres qui suivent la liturgie de la Pentecôte comportent trois prières de saint Basile. La troisième prie pour *tous les morts* depuis la création du monde. Une fois l'an, l'Eglise prie même pour les suicidés... La charité de l'Eglise ne connaît pas de limites, elle porte et remet le destin des révoltés entre les mains du Père et ces mains sont le Christ et l'Esprit-Saint. Le Père a remis tout jugement au Fils de l'homme et c'est le « jugement du jugement », le jugement crucifié. « Le Père est l'Amour crucifiant, le Fils est l'Amour crucifié, et l'Esprit-Saint est la puissance invincible de la Croix. » Cette puissance éclate dans les souffles et les effusions du Paraclet, de Celui qui est « auprès de nous » et qui nous défend et nous console. Il est la joie de Dieu et de l'homme. Le Christ ne nous demande que de nous en remettre totalement à cette Joie : « Je m'en vais pour vous préparer une place... Je reviendrai vous prendre avec moi afin que, là où je serai, vous y soyez avec moi » (Jn 14, 2-3). « Dieu use de patience envers nous tous, ne voulant pas qu'aucun périsse... quelles ne doivent être votre sainteté et votre prière, attendant et hâtant l'avè-

---

14. Saint Isaac le Syrien, *Sentences*, 48.

nement du jour de Dieu » (2 P 3, 9 et 11). C'est que ce Jour n'est point un but seulement, ni le terme de l'histoire, ce Jour est le mystère de Dieu en plénitude.

VI

LA CULTURE ET LA FOI

1. DIEU ET L'HOMME.

Si la notion biblique de « l'image et la ressemblance de Dieu » est fondamentale pour une anthropologie chrétienne, il faut dire très paradoxalement qu'elle est encore plus décisive pour une anthropologie athée. En effet, la ressemblance entre Dieu et l'homme n'a jamais été niée par l'athéisme. Pour Nicolas Hartmann, Feuerbach ou Karl Marx, la personne humaine est définie par des attributs proprement divins : intelligence, liberté, création, clairvoyance prophétique. Pour Sartre, l'homme est essentiellement « projet », donc liberté, ce qui signifie que l'existence précède et prime l'essence. C'est exactement ce qu'affirme saint Grégoire Palamas au sujet de Dieu : « Je suis Celui qui est, car Celui qui est embrasse en lui-même l'Etre tout entier[1]. »

Dans *la Foi d'un incroyant*, F. Jeanson affirme : « L'Univers est une machine à faire des dieux... l'espèce humaine est capable d'incarner Dieu et de le réaliser. » Pour Heidegger, plus pessimiste, l'homme est un « dieu impuissant », dieu tout de

1. *Triades.*, III, 2, 12.

même. Partout, l'homme se pense en relation à l'Absolu ; comprendre l'homme, c'est déchiffrer cette relation. On peut avancer qu'au même titre exactement, pour les croyants et pour les athées, le problème de l'homme est un problème divino-humain. Dieu est l'archétype, l'idéal-limite du moi humain. Certes, la personne humaine porte en elle quelque chose de l'absolu ; à sa manière, elle existe *en soi* et *pour soi* et c'est le pivot du système philosophique de Sartre. Ainsi Dieu et l'homme se ressemblent ; ni les poètes grecs, ni le sceptique Xénophane, ni Feuerbach, ni Freud ne l'ont jamais nié. Le tout, c'est de savoir qui est le créateur de l'autre...

La vision athée prend une singulière importance méthodologique ; en effet, les athées identifient Dieu et l'homme et ne s'arrêtent pas devant l'énormité d'une pareille identification ; il faut avouer qu'ils sont infiniment plus conséquents que les chrétiens face aux affirmations de la Bible et des Pères de l'Eglise qui ne sont pas moins étonnantes.

La pensée des Pères remonte à la relation entre Dieu et sa création. La notion biblique de la « ressemblance » conditionne la Révélation. Si Dieu le Verbe est cette Parole que le Père adresse à l'homme, son enfant, c'est qu'il y a une certaine conformité, une correspondance entre le *Logos* divin et le *logos* humain ; c'est le fondement ontologique de toute connaissance humaine. Les lois de la nature sont posées par l'Architecte divin. Dieu est Créateur, Poète de l'Univers, et l'homme lui ressemble, il est aussi créateur et poète à sa manière. Saint Grégoire Palamas précise : « Dieu, transcendant à toute chose, incompréhensible, indicible, consent à devenir participable à notre intelligence. » Bien plus : « L'homme est semblable à Dieu, parce que Dieu est semblable à l'homme », affirme Clément d'Alexandrie[2]. Dieu sculptait l'être humain en regardant dans sa Sagesse l'humanité céleste du Christ (voir Col 1, 15 ; 1 Co 15, 47 ; Jn 3, 13). Celle-ci est prédestinée « à réunir toutes choses, tant celles qui sont dans les cieux que celles qui sont sur la terre » (Ep 1, 10) — « mystère caché en Dieu avant tous les siècles » (1 Co 2, 7) : l'homme a été créé à l'image de Dieu en vue de l'Incarnation, posée en tout état de cause car elle implique l'ultime degré de communion entre Dieu et l'homme. L'icône de la *Théotokos*, Mère de Dieu (du type *Eléousa* — tendresse), tenant l'enfant Jésus l'exprime admirablement. S'il y a naissance de Dieu dans l'homme (la Nativité), il y a aussi naissance de l'homme en Dieu (l'Ascension).

Il faut être attentif à cette vision des Pères, la déification de l'homme est en fonction de l'humanisation de Dieu : « L'homme est la face humaine de Dieu », dit saint Grégoire de Nysse[3], et c'est pourquoi : « L'homme, destiné à la jouissance des biens divins, a dû recevoir dans sa nature même une parenté avec ce à quoi il devait participer[4]. » De même saint Macaire : « Entre Dieu et l'homme, il existe la plus grande parenté[5]. » L'esprit humain ne s'épanouit que dans le « milieu divin » : « Contempler Dieu c'est la vie de l'âme[6]. »

C'est à ce niveau divin que se place l'anthropologie des Pères ; elle frappe par ses formules

2. Dans P.G. 9, col. 293.
3. Dans P.G. 44, col. 446 B et C.
4. *Catéch.*, V, dans P.G. 45, col. 21 C et D.
5. *Hom.* 45.
6. Saint Grégoire de Nysse, *De infant.*, dans P.G. 46, col. 176 A.

incisives, paradoxales, maximalement audacieuses. Il suffit de prendre, un peu au hasard, quelques thèses bien connues, toujours étonnantes : « Dieu devient homme pour que l'homme devienne Dieu par la grâce et participe à la vie divine. » — « L'homme est un être qui a reçu l'ordre de devenir Dieu. » — « L'homme doit unir la nature créée et l'énergie divine incréée. » — « Je suis homme par nature et Dieu par la grâce. » — « Celui qui participe à la lumière divine devient lui-même, en quelque sorte, lumière. » Microcosme, l'homme est aussi un *microthéos*, un « petit Dieu ». C'est dans sa structure que l'homme porte l'énigme théologique, qu'il est un être mystérieux, « l'homme caché au fond du cœur » (1 P 3, 4), définition nettement apophatique et qui explique l'intérêt des Pères envers le contenu de l'*imago Dei*. Pour saint Grégoire de Nysse, la richesse de l'image reflète les perfections divines, convergence de tous les biens, et il souligne la puissance proprement divine de se déterminer librement soi-même.

Quand l'homme dit « j'existe », il traduit dans l'humain quelque chose de l'absoluité de Dieu disant : « Je suis celui qui est. » Pour les Pères, ces formules étaient des « paroles essentielles », paroles de vie reçues et vécues. Malheureusement, dans l'histoire, de ces sommets vertigineux s'opère une chute vers la platitude de la théologie scolaire, où ces images de feu sont devenues des clichés sans vie, des lieux communs qu'on lance pour renforcer telle ou telle position théologique, cérébrale, abstraite, polémique, sans en retirer aucune conséquence bouleversante, révolutionnaire pour la vie du monde.

Sur le plan de la piété courante, l'ascétisme mal compris touche à l'obscurantisme. L'humilité, devenue formelle et comme passeport de bonne orthodoxie, conduit à un barthisme orthodoxe où l'homme, réduit à peu de chose, ne peut plus que s'anéantir ou se révolter. Le monophysisme n'a jamais été dépassé dans certains courants de la piété et a pris la forme de « l'égoïsme transcendant » du salut individuel. C'est le mépris monophysite de la chair et de la matière, la fuite vers le céleste des purs esprits, la méconnaissance de la culture et de la vocation de l'homme dans le monde, une hostilité et même une haine de la femme et de la beauté. « L'amour fou *(manikos éros)* de Dieu pour l'homme », selon Nicolas Cabasilas ou — selon la magnifique parole du métropolite Philarète de Moscou : « Le Père est l'Amour qui crucifie, le Fils est l'Amour crucifié et l'Esprit Saint est la force invincible de la Croix [7] » —, cette religion de l'Amour crucifié s'est transformée très étrangement en religion ou « paternaliste » (cléricalisme) ou du « Père sadique » (théorie juridique de la satisfaction : le Fils « satisfait la justice », « étanche la colère du Père »), religion de la loi et du châtiment, de l'obsession de l'enfer, religion « terroriste » où l'Evangile s'est réduit à un système purement moraliste... Encore au XIXe siècle, selon la théologie courante, le « riche » représente la Providence divine et les « pauvres » bénissent Dieu d'avoir mis au monde de pareils riches ! Quand on considère la richesse et la pauvreté comme d'*institution divine*, on ne peut qu'osciller

---

7. *Oraisons, homélies et discours*, trad. A. de Stourdza, Paris, 1849, p. 154.

entre le Père, tyran redoutable, et le Père, patriarche bonasse et rassurant.

Or, la vraie Tradition enseigne la tension authentiquement dialectique, si fortement soulignée chez saint Grégoire Palamas : non pas une chose ou l'autre, mais l'une et l'autre à la fois. C'est la tension entre l'humilité *subjective* et le fait *objectif* d'être co-liturge, co-créateur, co-poète avec Dieu. Il faut réapprendre les antinomies jadis si familières aux Pères de l'Eglise.

L'homme dit : « Je suis imparfait », et Dieu lui répond : « Soyez parfaits comme votre Père céleste est parfait » (Mt 5, 48). L'homme dit : « Je suis poussière et néant », et le Christ lui dit : « Vous êtes tous des dieux et vous êtes mes amis » (Jn 15, 14). « Vous êtes de la race de Dieu » (Ac 17, 28), affirme saint Paul ; et saint Jean : « Vous avez reçu l'onction et vous savez tout » (1 Jn 2, 27). « Je porte les stigmates de mes iniquités, mais je suis à l'image de Ta gloire indicible », dit en une synthèse vigoureuse le tropaire de l'office funèbre.

L'homme est créé et cependant il n'est pas créé, mais « né de l'eau et de l'Esprit Saint », il est terrestre et il est céleste, créature et dieu en devenir. Un « dieu créé » est une notion des plus paradoxales, tout comme « personne créée » et « liberté créée ». L'audace des Pères approfondit ces maximes et ces adages afin de « n'attrister point » et de ne pas « éteindre l'Esprit Saint ».

Certes, la *théosis* orientale n'est pas une solution logique, un concept, mais une solution de vie et de grâce, solution antinomique comme tout charisme, et qui remonte à l'antinomie de Dieu lui-même. Les Pères l'ont vu en disant que le Nom de Dieu est relatif au monde. Comment Dieu lui-même peut être à la fois absolu et relatif, Dieu *de* l'histoire et Dieu *dans* l'histoire, c'est le mystère de son Amour qui transcende sa propre absoluité vers l'état de Père. Comment aussi la parole de saint Ephrem le Syrien : « Toute l'Eglise est l'Eglise des pénitents et de ceux qui périssent », peut s'accorder avec la parole de saint Syméon le Nouveau Théologien : « En vérité, c'est un grand mystère — Dieu parmi les hommes, Dieu au milieu des dieux par déification », c'est le même mystère.

2. L'ÉGLISE ET LE MONDE.

Le concile Vatican II, dans son schéma XIII, a abordé ce mystère en traitant de l'immense question de *l'Eglise dans le monde*. Toutefois, c'est une situation de départ ; le Seigneur a placé l'Eglise dans le monde et l'a chargée d'une mission apostolique de témoignage et d'évangélisation. Mais ce n'est que le commencement de la mission ; son ampleur oblige à renverser les termes, à entrevoir l'aboutissement, à tracer la vision du *monde dans l'Eglise,* ce qui comporte l'évaluation exacte, donc maximale, de la création humaine et de la culture. Cette réflexion s'impose aux théologiens afin de construire une correcte théologie du monde. C'est justement l'eschatologie qui invite à approfondir la vision, à saisir toute la réalité absolument nouvelle de l'image de Dieu, rédimée en Christ, à révéler aussi la nature exacte et le rôle des anges et des démons dans la vie des hommes, à faire valoir surtout le phénomène de la sainteté, de la *martyria* et du charisme prophétique dans le contexte actuel de l'histoire. C'est l'affrontement du monde et de son destin à la lumière de la création et du dessein de Dieu sur elle.

Dans l'histoire, les empires et les états « chrétiens », de même que les théocraties, s'écroulent sous la poussée du monde qui refuse sa soumission pure et simple aux autorités ecclésiastiques. Tout bien qui viole et force les consciences se convertit en mal et c'est, selon Berdiaev, « le cauchemar du bien imposé » où la liberté humaine, voulue par Dieu au prix de sa mort, reste méconnue. C'est pourquoi à la *domination* sur le monde, à sa soumission au pouvoir de l'Eglise, s'oppose l'appel central de l'Evangile au « rapt du Royaume de Dieu », à la violence chrétienne qui « ravit les cieux ».

L'histoire et l'eschatologie se compénètrent, existent l'une dans l'autre. La signification de la Pentecôte et des dons de l'Esprit Saint, le sens universel de l'épiclèse, surtout eschatologique et parousiaque, précisent, selon la formule de saint Maxime, la vocation fondamentale des chrétiens dans le monde : « Unir la nature créée (le monde) avec l'énergie déifiante incréée » (dont l'Eglise est la source vivante). L'Eglise dans le monde qualifie le temps et l'existence par *l'eschaton*, qualification qui juge toute existence close, repliée sur sa propre immanence, et formule ainsi la vocation sacerdotale du monde lui-même. Le monde ne devient pas l'Eglise, mais, en accord « symphonique » avec l'Eglise, « sans confusion et sans séparation », accomplit sa propre tâche au moyen de ses propres charismes.

Actuellement, ce qu'on appelle la « société

responsable » devient consciente d'être le sujet actif de son destin et de la dimension universelle de la communion des hommes. C'est pourquoi l'Eglise en s'adressant à la société ne s'adresse pas à un corps étranger et séparé. Les textes du concile Vatican II s'adressent indistinctement aux croyants et à tous les hommes. La parole de l'Eglise est ce sel et ce levain qui déterminent finalement sa portée au sein des civilisations d'aujourd'hui. C'est qu'elle touche non seulement les individus, mais les nations et les peuples, afin de susciter des choix responsables et d'attirer l'attention, par exemple, sur les problèmes de la répartition des biens de la terre, du tiers monde ou de l'automation.

Il n'existe aucun dualisme ontologique de l'Eglise et du monde, du sacré et du profane ; le dualisme est éthique : celui de « l'homme nouveau » et de « l'homme ancien », du sacré (racheté) et du profané (démonisé). Selon les Pères, l'homme est un *microcosme* mais l'Eglise est un *Macro-anthropos*. C'est sa dimension cosmique et panhumaine qui, au moyen de la *diaconia*, du service dont l'archétype est le bon Samaritain, jette des ponts par-dessus les abîmes et supprime toute séparation (émancipation, sécularisation, et, d'autre part, nestorianisme ou monophysisme), tout en gardant la distinction des vocations. Le monde, à sa manière, entre dans le Macro-anthropos de l'Eglise, il est le lieu des accomplissements ultimes, de l'apocatastase, sphère de la Parousie et « nouvelle terre » en puissance.

A la place des fausses sacralisations se posent les vraies consécrations : en Orient, tout baptisé passe, lors du sacrement de l'onction chrismale, par le rite de la tonsure qui le *consacre* entièrement au service du Seigneur. Ce rite, analogue au rite monastique, invite chacun à retrouver le sens du monachisme *intériorisé* que le sacrement enseigne à tous. Par contre, il est temps de désacraliser tout ce qui s'est pétrifié, immobilisé dans le circuit fermé du ghetto ecclésial. D'autre part, il est aussi urgent de désacraliser le matérialisme marxiste ; il n'est pas suffisamment rationaliste ni logiquement matérialiste. Si l'athéisme contribue à purifier l'idée de Dieu chez les chrétiens, la foi chrétienne contribue à purifier l'athéisme de toute trace de métaphysique illégitime, il importe de le démythiser aussi, afin d'amorcer un vrai dialogue entre partenaires clairement définis.

« Soumettre la terre » signifie en faire le Temple de Dieu. Consacrer le monde, c'est le forcer à passer d'un état démoniaque à l'état de créature consciente de Dieu. Aucune forme de la vie et de la culture n'échappe à l'universalisme de l'Incarnation. Image de toutes les perfections, le Christ a assumé le sacerdoce, il a assumé aussi le laïcat, donc toutes les vocations, tous les métiers et toutes les professions du monde. « Dieu a aimé le monde » dans son état de péché. La victoire du Christ menée jusqu'à la descente aux enfers manifeste une dimension cosmique qui détruit toutes les frontières. La *Théosis* est une notion essentiellement *dynamique* dont l'action se répercute sur le cosmos entier, de même que la doxologie qui étend la gloire de Dieu sur tout l'humain.

Selon la cosmologie des Pères, qui n'a rien de commun avec l'éthique naturelle, l'univers s'achemine vers son achèvement dans l'optique plénière de la création, plénière car celle-ci avait en vue l'Incarnation. Le Christ *reprend* et parachève, plénifie ce qui a été arrêté par la chute et manifeste l'Amour qui sauve sans rien omettre de son dessein sur l'homme, co-liturge, co-ouvrier avec Dieu.

Dieu est présent au monde *autrement* qu'il est présent dans son Corps. L'Eglise doit expliciter la Présence implicite. Faire ce que saint Paul a fait à Athènes quand il a déchiffré le « Dieu inconnu » et l'a nommé Jésus-Christ (Ac 17, 22-31). L'œuvre d'évangélisation doit pénétrer l'œuvre de civilisation, l'orienter vers l'Orient-Christ.

Le baptême remonte à la grande bénédiction des eaux et de toute matière cosmique lors de l'Epiphanie. La célébration liturgique de la fête de la Croix incline tout l'univers sous son signe, celui de la victoire du Christ ressuscité, et replace le monde dans la première bénédiction de Dieu, réaffirmée au moment de l'Ascension par le geste du Christ-Prêtre : « Levant les mains, Il les bénit. » La consécration met *tout l'humain* en relation avec le Christ : « Tout est à vous et vous êtes au Christ » (1 Co 3, 22-23).

Les Pères ont lutté contre les gnostiques qui méprisaient la vie terrestre. Dieu n'est pas le « tout autre » séparé du monde, mais *Emmanuel* — « Dieu avec nous » ; c'est pourquoi « toute la création en attente aspire à la révélation des fils de Dieu » (Rm 8, 19). Un baptisé n'est pas différent du monde, il est tout simplement sa vérité. Le monde est un *don* royal à l'homme dès que l'horizontale trouve sa coordonnée verticale.

3. LA DIGNITÉ DE L'HOMME ET SON CHARISME DE CRÉATION.

Saint Grégoire Palamas s'oppose énergiquement à toute déviation de la Tradition et, avec beaucoup d'audace, établit la primauté de l'homme sur les anges. C'est justement sa double structure esprit-corps qui fait de l'homme un être complet et le pose au sommet des créatures. Ce qui différencie à son avantage l'homme des anges, c'est qu'il est à l'image du Verbe incarné ; son esprit s'incarne et pénètre toute la nature par ses énergies créatrices et « vivifiantes », portées par l'Esprit Saint. Un ange est « seconde lumière », reflet pur, il est messager et serviteur. Seul Dieu, esprit absolu, peut créer *ex nihilo*, l'ange ne peut créer aucunement ; tout autre est la condition humaine. Bibliquement, Dieu est plus qu'absolu, il est l'Absolu et il est son Autre, Dieu-Homme. C'est pourquoi Dieu donne à l'homme, son image, de faire jaillir des valeurs impérissables de la matière de ce monde et de manifester la sainteté en se servant de son propre corps. En effet, l'homme ne reflète pas comme les anges, mais devient lumière ; la luminosité des corps des saints est exemplaire — « Vous êtes la lumière du monde » —, leurs nimbes sur les icônes l'expriment. Cette position royale de l'humain conditionne le ministère des anges au service de l'homme. Selon le synaxaire du lundi de l'Esprit Saint, chacun des neuf degrés angéliques, pendant les neuf jours entre l'Ascension et la Pentecôte, vient adorer l'humanité déifiée du Christ.

Dans une homélie, saint Grégoire Palamas précise ainsi l'un des buts de l'Incarnation : « Vénérer la chair afin que les esprits orgueilleux n'osent pas imaginer qu'ils sont plus vénérables que l'homme[8]. » Ce texte, d'une vigueur peu ordinaire, compose un hymne étonnant à l'esprit créateur de l'homme. C'est une bénédiction pleine et sans réserve donnée à la création humaine, à l'édification de la culture-culte et qui porte toute l'autorité de la Tradition des Pères.

Le Royaume fera épanouir le germe paradisiaque, arrêté dans sa croissance par la pathologie du péché que le Christ vient guérir. Dieu retire l'homme de l'abîme de la chute et c'est le salut. Mais selon l'Evangile, le salut signifie *guérison*: « Ta foi t'a guéri. » Le Christ vient en « grand guérisseur » et offre l'Eucharistie comme un « remède d'immortalité ». La guérison comporte la *catharsis* ascétique, purification de l'être de tout germe démoniaque, mais elle s'achève dans la *catharsis* ontologique: restauration de la forme initiale, de l'image de Dieu, et transfiguration réelle de la nature.

La création au sens biblique est semblable au grain qui produit cent pour un et ne cesse de produire: « Mon Père travaille jusqu'à présent, et moi je travaille aussi » (Jn 5, 17). Le monde a été créé *avec* le temps, ce qui veut dire inachevé, en germe, afin de susciter les prophètes et les « bons ouvriers » à travers l'histoire et de conduire ainsi la coopération de l'agir divin et de l'agir humain jusqu'au Jour où le germe parviendra à sa maturation finale. C'est pourquoi le commandement initial de « cultiver » l'Eden ouvre les perspectives immenses de la culture. Sortie du culte et des cou-

---

8. *Hom.* 16, dans P.G. 154, col. 201 D et 204 A.

vents, dans la différenciation anagogique de ses parties, la culture avec ses propres éléments reconstitue la « liturgie cosmique », prélude déjà ici, sur terre, de la doxologie céleste.

Dans sa nature même, l'homme est prédestiné à ce ministère, il est « une ordonnance musicale, un hymne merveilleusement composé à la puissance toute-créatrice[9] ». « Ta gloire, ô Christ, c'est l'homme que tu as posé comme chantre de ton rayonnement[10]. » « Illuminé, déjà ici sur la terre l'homme devient tout miracle. Il concourt avec les forces célestes à un chant incessant ; se tenant sur terre, tel un ange, il conduit à Dieu toute créature[11]... »

Le Christ rend à l'homme la puissance d'agir. C'est le don essentiel du sacrement de l'onction chrismale. Saint Grégoire de Nysse insiste sur le pouvoir humain de régner[12]. Roi, prêtre et prophète, ses charismes font voir en l'homme un démiurge à sa manière.

La préexistence idéale en Dieu des essences cosmiques, des archétypes de tout ce qui existe, vient attribuer une valeur toute particulière à l'action de ces « ouvriers avec Dieu ». « Hâtez l'avènement du jour de Dieu » (2 P 3, 9-12) ; « cherchez le royaume de Dieu » signifie « préparez » sa secrète germination. Il s'agit de ces « enfantements » par la foi qui nous appartiennent en propre. Ils révèlent et ordonnent la marche sensée de l'histoire et inclinent le monde, ainsi préparé et mûri, vers la venue du Seigneur.

9. Saint Grégoire de Nysse, dans P.G. 44, col. 441 B.
10. Saint Grégoire de Nazianze, dans P.G. 37, col. 1327.
11. Saint Grégoire Palamas, dans P.G. 150, col. 1031 A et B.
12. Dans P.G. 44, col. 132 D.

LA CULTURE ET LA FOI

L'intense charité, purifiée par la vraie ascèse, se pose en destin de l'homme. La « tendresse ontologique » des grands spirituels (saint Isaac, saint Macaire) envers toute créature jusqu'aux reptiles et même jusqu'aux démons, s'accompagne d'une manière iconographique de contempler le monde, d'y déceler en transparence la pensée divine, de pénétrer la coquille cosmique jusqu'à l'amande, porteuse de sens. C'est de cette source que vient le joyeux cosmisme de l'Orthodoxie, son inébranlable optimisme, l'évaluation maximale de l'être humain : « Après Dieu, considère tout homme comme Dieu [13]. »

« Le Maître divin, dit saint Maxime, à la manière eucharistique nourrit les hommes de la gnose sur les destinées ultimes du monde [14]. » Comme une immense parabole, le monde offre une lecture de la « Poésie » divine inscrite dans sa chair. Les images des paraboles évangéliques ou la matière cosmique des sacrements ne sont pas fortuites. Les choses les plus simples sont conformes à leur destin très précis. Tout est image, similitude, participation à l'économie du salut, tout est chant et doxologie. « Enfin, les choses ne sont plus le mobilier de notre bagne, mais celui de notre temple », dit Paul Claudel.

Les dons et les charismes déterminent la vocation de l'homme : « cultiver » l'immense champ du monde, inaugurer toute la gamme des arts et des sciences afin de construire l'existence humaine voulue par Dieu. Celle-ci ne peut être fondée que dans le service, dont le sens biblique est plus

---
13. Agraphon rapporté par Clément d'Alexandrie.
14. *Quaestio* 89.

qu'un service social, ce terme signifiant justement acte de guérir et restauration de l'équilibre. C'est aussi la communion de tous les hommes, entée sur l'absolument nouveau et l'absolument désirable dont nous parle l'Apocalypse.

La pensée des Pères trace une grandiose philosophie de la création. C'est beaucoup plus qu'une simple justification de la culture. Quand elle devient un ministère au service du Royaume de Dieu, c'est la culture qui justifie l'histoire, l'homme et son sacerdoce dans le monde.

4. LA CULTURE, SON AMBIGUÏTÉ ET SON DESTIN.

« Allez et enseignez toutes les nations », dit le Seigneur. L'Eglise s'occupe des âmes individuelles, mais elle a aussi la charge des complexes nationaux. Dans la formation des cultures et des civilisations, elle a sa parole prophétique de témoin à faire entendre. Elle pose le transcendant par sa propre réalité eucharistique et son message de Pâques la rend plus qu'actuelle car au-dessus de toute époque. Elle annonce que le Christ est venu pour transformer les morts en dormants et pour réveiller les vivants.

Tout peuple s'approprie une mission historique, se construit autour d'elle et tôt ou tard rencontre le dessein de Dieu. La parabole des talents parle de ce plan normatif proposé à la liberté de l'homme. L'éthique évangélique est celle de la liberté et de la création. Elle demande toute la maturité de l'adulte et comporte infiniment plus de discipline ascétique, de libre contrainte et de risque que toute éthique de la Loi.

L'histoire n'est point autonome, tous ses événements se réfèrent à Celui qui possède « tout pouvoir au ciel et sur la terre ». Même une parole comme : « Rendez à César ce qui est à César » (Mt 22, 21) n'a de sens qu'à la lumière de la foi : César n'est César qu'en relation à Dieu. « Si Dieu n'existe pas, suis-je encore capitaine ? », se demande un officier dans *les Possédés* de Dostoïevski, à qui on voulait prouver que Dieu n'existe pas. Il n'est pas donné à l'historique d'échapper à son prédestin normatif qui le juge. C'est la signification des « crises » inhérentes à toute civilisation et qui sont des jugements eschatologiques, moments providentiels, irruptions du transcendant qui frappent l'attention de « ceux qui ont des oreilles »...

Tout dualisme manichéen ou toute séparation nestorienne, tout monophysisme du divin seul ou de l'humain seul sont condamnés par la formule lapidaire du concile de Chalcédoine : le divin et l'humain unis sans confusion et sans séparation. Cette formule détermine très précisément les rapports entre l'Eglise et le monde, l'Eglise et l'histoire, l'Eglise et la culture. Normativement, la vie sociale et culturelle doit se construire sur le dogme, s'appliquer les principes d'une sociologie théologique, car « le christianisme est l'imitation de la nature de Dieu [15] ».

Or, si l'eschatologie laïcisée, sécularisée, se prive de l'*eschaton* biblique et rêve de la communion des saints sans le Saint, du Royaume de Dieu sans Dieu, c'est qu'elle est une hérésie chrétienne, suscitée par les défaillances de la chrétienté elle-

---

15. Saint Grégoire de Nysse, *De profess. christ.*, dans P.G. 46, col. 244 C.

même. Celle-ci ou délaisse le Royaume au profit d'une cité close entièrement installée dans l'histoire, ou fuit le monde et s'oublie dans la contemplation du ciel. Le marxisme de nos jours pose de nouveau et violemment le problème du sens de l'histoire et oblige la conscience chrétienne à affirmer une continuité mystérieuse entre l'histoire et **le Royaume.**

L'ultime Révolution ne peut venir que de l'Eglise chargée des énergies de l'Esprit Saint. Par sa nature, elle ne peut préconiser aucune norme sociale canonisée, et c'est pourquoi elle jouit de la plus grande souplesse suivant les contextes locaux. Toutefois, si la Parole console, elle juge aussi, ce qui explique une certaine distance du témoin clairvoyant qui condamne toute compromission et tout conformisme, mais dont le réalisme pénétrant dévoile les éléments démoniaques et mène le combat. La tâche universelle et la plus actuelle, c'est de mettre les fruits de la terre à la disposition de tous les hommes sans les priver de la liberté religieuse et politique. C'est le problème des riches et des faux pauvres qui convoitent la richesse. Dans une civilisation technique et mercantile, un poète, un penseur, un prophète sont des êtres inutiles. Les artistes et les intellectuels *désintéressés* constituent déjà une nouvelle forme de prolétariat. Certes, avant tout, par un impôt mondial obligatoire, il faut supprimer la faim matérielle. Ensuite, il faut penser aux affamés qui savent que ce n'est pas seulement de pain que l'homme peut vivre. Il est urgent d'affirmer la primauté de la culture et de l'esprit de finesse. La société moderne doit protéger les poètes et les prophètes et, puisqu'elle accepte les démons par respect de la liberté, elle doit également réserver une place aux anges et aux saints qui sont aussi réels que les autres hommes et que les démons. Douter que l'homme soit capable de maîtriser non pas le cosmos mais soi-même, serait renoncer à ce qui fait sa dignité d'enfant de Dieu. C'est très précisément ce monde clos que la ferme assurance de la foi est appelée à trouer pour manifester l'invisible présence du Transcendant, ressusciter les morts et faire bouger les montagnes, jeter le feu de l'espérance pour le salut de tous et brancher la vacuité de ce monde sur « l'Eglise pleine de la Trinité [16] »...

Aucune théologie monophysite et désincarnée ne peut rien changer à la magnifique règle de foi des Pères, ni minimiser ou émousser les textes les plus explosifs de l'Ecriture. Il est évident que c'est justement le maximalisme eschatologique des moines qui justifie le plus fortement l'histoire. Car celui qui ne participe pas à la sortie monastique de l'histoire, à son brusque passage au monde à venir, faute de procréation, celui-là assume la responsabilité entière de construire l'histoire positivement, c'est-à-dire de l'ouvrir sur le plérôme humain : « Préparez le chemin du Seigneur, aplanissez ses sentiers » ; ce chemin et ces sentiers manifestent la maturité humaine, le dynamisme de sa plénitude.

La théologie des fins dernières présuppose une surélévation de la pensée à sa propre croix, elle n'a pas de continuité directe avec la philosophie spéculative : « Nous annonçons ce qui n'est pas monté au cœur de l'homme, mais ce que Dieu a

---

16. Origène, dans P.G. 12, col. 1264.

préparé pour ceux qui l'aiment » (1 Co 2, 9). Elle initie à la magnifique définition de tout chrétien : « celui qui aime la Parousie » (2 Tm 4, 8). A sa lumière, les saints, les héros et les génies, quand ils touchent le vrai et l'ultime, chacun à sa manière, culminent dans la même et unique réalité du Royaume.

Mais l'homme n'est jamais un moyen pour Dieu. Si l'existence de l'homme présuppose l'existence de Dieu, l'existence de Dieu présuppose l'existence de l'homme. La personne humaine est pour Dieu la *valeur absolue*, elle est son « autre » et son « ami » de qui Il attend une libre réponse d'amour et de création. La solution est humano-divine : la coïncidence de deux Plénitudes en Christ. C'est pourquoi l'homme eschatologique n'en reste pas à une attente passive, mais se consacre à la préparation la plus active et la plus dynamique de la Parousie. Le Christ vient « chez les siens » (Jn 1, 11), « Dieu parmi les dieux par déification », éclatement fulgurant du Plérôme divin dans le plérôme humain déifié.

« Qui reçoit celui que j'envoie, me reçoit » (Jn 13, 20). Le destin du monde est suspendu à l'attitude inventive, créatrice de l'Eglise, à son art de présenter le message de l'Evangile, afin de se faire accueillir par tous les hommes. La culture, à tous les degrés, est la sphère directe de cette confrontation, mais l'ambiguïté de la culture complique singulièrement cette tâche.

Historiquement, la culture a été utilisée pour la prédication de l'Evangile sans être toujours acceptée comme un élément organique de la spiritualité chrétienne. D'autre part, il y a là une difficulté inhérente à la nature même de la culture. Le principe de la culture gréco-romaine est la forme parfaite dans les limites du fini temporel, ce qui l'oppose à l'infini, à l'illimité, à l'apocalypse. Par son aversion envers la mort, la culture s'oppose à l'*eschaton* et se ferme sur la durée de l'histoire. Or, « la figure de ce monde passe », il faut y reconnaître l'avertissement de ne pas créer des idoles, de ne pas tomber dans l'illusion des paradis terrestres, ni même dans l'utopie de l'Eglise identifiée au Royaume de Dieu. « On attendait le Royaume et c'est l'Eglise qui est venue », disait Loisy. La figure de l'Eglise militante passe comme passe la figure de ce monde.

C'est la fin de l'histoire, la lumière de son bilan qui éclaire et révèle son sens. L'installation dans l'histoire, l'historicisme coupé de la fin, tout comme sa négation simpliste de l'hypereschatologisme qui saute dans la fin par-dessus l'histoire, la désincarnent et la privent de sa valeur proprement historique.

L'attitude chrétienne devant le monde ne peut jamais être une négation, soit ascétique, soit eschatologique. Elle est toujours une *affirmation*, mais *eschatologique :* dépassement incessant vers le terme qui, au lieu de fermer, ouvre tout sur l'au-delà.

En effet, la culture n'a pas de développement infini. Elle n'est pas une fin en soi ; objectivée, elle devient un système de contrainte et, de toute manière, enfermée dans ses propres limites, son problème est insoluble. Tôt ou tard, la pensée, l'art, la vie sociale s'arrêtent à leur propre limite et alors le choix s'impose : s'installer dans l'infini de sa propre immanence, s'enivrer de sa vacuité ou dépasser ses strangulantes limitations et, dans

L'AMOUR FOU DE DIEU

la transparence de ses eaux clarifiées, refléter le transcendant. Dieu l'a voulu ainsi, son Royaume n'est accessible qu'à travers le chaos de ce monde ; il n'est pas une transplantation étrangère à l'être du monde, mais la révélation de la profondeur cachée de ce monde même.

L'art doit choisir entre vivre pour mourir et mourir pour vivre. L'art abstrait à son point avancé retrouve la liberté, vierge de toute forme préjugée et académique. La forme *extérieure*, figurative, est défaite, mais l'accès à la forme *intérieure*, porteuse d'un message secret, est barré par l'ange à l'épée flamboyante. La voie ne s'ouvrira que par le baptême *ex Spiritu Sancto* et c'est la mort de l'art et sa résurrection, sa naissance dans l'art épiphanique dont l'expression culminante est l'icône. L'artiste ne retrouvera sa vraie vocation que dans un art sacerdotal, en accomplissant un sacrement théophanique : dessiner, sculpter, chanter le Nom de Dieu, l'un des lieux où Dieu descend et fait sa demeure. Il ne s'agit pas de points de vue ou d'écoles : « La gloire des yeux, c'est d'être les yeux de la colombe [17] » ; elle regarde « en avant » car le Christ « n'est pas en haut » mais devant, dans l'attente de la rencontre. L'absolument nouveau vient du ressourcement eschatologique : « On se souvient de ce qui vient », dit saint Grégoire de Nysse en accord avec l'anamnèse eucharistique.

Saint Bonaventure donne sa formule : *si Deus non est, Deus est ;* toute négation de Dieu, toute fausse absoluité, toute idole n'existent qu'en fonction du vrai et de l'unique Absolu. Pour l'Occident, le

17. Saint Grégoire de Nysse, dans P.G. 44, col. 835.

monde est réel et Dieu est douteux, hypothétique, ce qui incite à forger des preuves de son existence. Pour l'Orient, c'est le monde qui est douteux, illusoire, et le seul argument de sa réalité est l'existence auto-évidente de Dieu. La philosophie de l'évidence coïncide avec la philosophie de la Révélation. L'évidence, avec sa certitude au sens du mémorial de Pascal, est le type même de la vraie connaissance passée par le feu de l'apophase.

Si l'homme pense Dieu, c'est qu'il se trouve déjà à l'intérieur de la pensée divine, c'est que déjà Dieu se pense en lui. On ne peut aller vers Dieu qu'en partant de Lui. Le contenu de la pensée sur Dieu est un contenu épiphanique, il s'accompagne de la présence évoquée.

Toutefois le mystère de la volonté pervertie, « mystère d'iniquité », reste entier. Si la « ressemblance éthique » peut passer à la dissemblance radicale, la ressemblance ontologique de l'homme « à l'image » de Dieu demeure intacte ; la liberté, même dans l'ultime révolte, la liberté devenue arbitraire, reste réelle, les transgressions peuvent aller jusqu'à l'iniquité-folie. L'évidence ne force point la volonté, comme la grâce ne la touche qu'en fonction de sa liberté. Aux ordres d'un tyran répond la sourde résistance d'un esclave, à l'appel-invitation du Maître du banquet répond le libre consentement de celui qui se fait ainsi élu. Si l'on réfléchit à l'action de l'Esprit Saint dans les temps derniers, peut-être y pourrait-on voir justement cette fonction du « doigt du Père », du Témoin : une suggestion, une invitation décisive adressée à toutes les formes de culture afin de saisir leur intentionalité originelle et de culminer dans l'option ultime du Royaume.

L'AMOUR FOU DE DIEU

Saint Paul pose le critère de l'unique fondement qui est Jésus-Christ. « L'œuvre de chacun deviendra manifeste... et c'est le feu qui éprouvera la qualité de l'œuvre de chacun... » (1 Co 3, 13-15). De même pour l'homme lui-même : « Il sera sauvé, mais comme à travers le feu. » Il y a les « œuvres qui résistent au feu ». Il ne s'agit donc point de la destruction pure et simple de ce monde, il s'agit d'une épreuve. Ce qui résiste présente la qualité exigée par les charismes et entre comme élément constitutif de la « nouvelle terre ». Jadis, l'arche de Noé fut sauvée « à travers les eaux ». L'image symbolique de l'arche fait voir ce qui est destiné à survivre, et dans cette vision prophétique elle préfigure le grand passage au Royaume « à travers le feu ».

Les Révélations de saint Séraphin de Sarov parlent des sens transfigurés qui saisissent dès maintenant les phénomènes de la lumière, de la chaleur, du parfum comme rayonnement de la dimension céleste de ce monde. Saint Séraphin s'habille de soleil et donne à ses disciples les fruits et les fleurs mûris sous les « nouveaux cieux », anticipation de la « chose en elle-même » comme un saint révèle « l'homme en lui-même ».

La culture à sa limite est une pareille pénétration des choses et des êtres jusqu'à la pensée de Dieu sur eux, révélation du *logos* des êtres et de leur forme transfigurée. L'icône le fait, mais elle se situe au-delà de la culture comme une « image conductrice », car elle est déjà vision directe, fenêtre ouverte sur le « VIII° jour ».

Berdiaev a centré sa réflexion sur le conflit apparent entre la création et la sainteté ; il était frappé par la coexistence au XIX° siècle du plus grand saint récent, saint Séraphin, et du plus grand poète, Pouchkine, qui, contemporains, s'ignoraient réciproquement. Il a trouvé la solution dans le *passage des symboles aux réalités*. Ministre, général, professeur, évêque sont les détenteurs de symboles, de fonctions ; par contre, un saint est une réalité. Une théocratie historique, un état chrétien, une république sont des symboles ; la « communion des saints » est une réalité. La culture est un symbole quand elle collectionne les œuvres et constitue un musée de produits pétrifiés, de valeurs sans vie. Les génies savent la profonde amertume de la distance entre le feu de leur esprit et leurs œuvres objectivées. Peut-être même la culture chrétienne est-elle impossible. En effet, les grandes réussites des créateurs sont les grands échecs de la création, *car elles ne changent pas le monde.*

Le paradoxe de la foi chrétienne, c'est qu'elle stimule la création dans ce monde, mais en sa phase finale, la vraie culture, par sa dimension eschatologique, fait éclater le monde, oblige l'histoire à sortir de ses cadres. Ici ce n'est pas le chemin qui est impossible, c'est l'impossible qui est le chemin et les charismes le réalisent : « La puissance divine étant capable d'inventer... une voie dans l'impossible[18]. » Ce sont les irruptions fulgurantes du « tout autre » venant des profondeurs du même. Toutes les formes de la culture doivent tendre à cette limite participant de deux mondes, révélant l'un au moyen de l'autre, et c'est le passage de « l'avoir » terrestre à « l'être » du

---

18. *Id.*, dans P.G. 44, col. 128 B.

Royaume. Le monde dans l'Eglise, c'est le Buisson Ardent posé au cœur de l'existence.

Un savant, un penseur, un artiste, un réformateur social pourront retrouver les charismes du sacerdoce royal, et chacun, en « prêtre », pourra faire de sa recherche une œuvre sacerdotale, un *sacrement* transformant toute forme de la culture en lieu *théophanique* : chanter le Nom de Dieu au moyen de la science, de la pensée, de l'action sociale (« sacrement du frère ») ou de l'art. A sa manière, la culture rejoint la liturgie, fait entendre la « liturgie cosmique », la culture devenant *doxologie*.

Jadis, les saints Princes [19] étaient canonisés, non pas en vertu de leur sainteté personnelle, mais pour leur fidélité aux charismes du pouvoir royal exercé au service du peuple chrétien. Nous entrons dans les temps des ultimes manifestations de l'Esprit Saint : « Il arrivera dans les derniers jours, dit Dieu, que je répandrai de mon Esprit sur toute chair... », où l'on peut bien pressentir la canonisation des savants, penseurs ou artistes, de ceux qui ont donné leur vie et montré leur fidélité à leurs charismes du sacerdoce royal et qui ont créé des œuvres au service du Royaume de Dieu. Ainsi le charisme prophétique de la création supprime le faux dilemme : la culture *ou* la sainteté, et pose la culture-création *et* la sainteté ; bien plus, ce charisme pose la forme particulière de la sainteté de la culture elle-même. C'est « le monde dans l'Eglise », la vocation ultime de sa métamorphose en « nouvelle terre » du Royaume.

---

19. Il s'agit de princes de l'ancienne Russie soit à la période kiévienne, soit sous la domination mongole.

Un dilemme encore plus faux se fait jour actuellement : le Christ dans l'Eglise ou le Christ dans le monde ? Il ne s'agit point d'adapter l'Eglise à la mentalité du monde, il s'agit d'adapter et l'Eglise et le monde d'aujourd'hui à la Vérité divine, à la Pensée divine sur le monde actuel. Le Christ envoie son Eglise dans l'histoire pour en faire, aux différents moments de cette histoire, le lieu de sa présence, pour donner à tous de vivre l'aujourd'hui de Dieu dans l'aujourd'hui des hommes. Dieu n'est pas plus loin de notre temps que d'une autre époque ; sa présence est plus particulièrement sensible dans toute vraie rencontre inter-humaine, car celle-ci construit à sa manière l'Homme définitif et rejoint ainsi l'Eglise.

La présence du Christ est universelle ; toutefois l'Eglise est le Corps du Christ et le Christ l'appelle à passer des formes symboliques à la réalité explosive de l'Evangile, à devenir avant tout cette fulgurante doxologie emportée par le dynamisme libérateur de l'Esprit Saint, dont nous parle l'Apocalypse et que nul dans ce cas ne pourra ignorer.

5. LA CULTURE ET LE ROYAUME DE DIEU.

Saint Paul dit : « Nous sommes ouvriers avec Dieu » (1 Co 3, 9), et l'Apocalypse : « Les nations apporteront leur gloire et leur honneur » (Ap 21, 24), elles n'entrent donc pas au Royaume les mains vides. On peut croire que tout ce qui rapproche l'esprit humain de la vérité, tout ce qu'il exprime dans l'art, tout ce qu'il découvre dans la science et tout ce qu'il vit sous l'accent d'éternité, tous ces sommets de son génie et de sa sainteté entreront dans le Royaume et coïncideront avec leur vérité comme l'image géniale s'identifie avec son original.

Même la beauté majestueuse des cimes enneigées, la caresse de la mer ou l'or des champs de blé deviendront ce parfait langage dont la Bible nous parle souvent. Les soleils de Van Gogh ou la nostalgie des Vénus de Botticelli et la tristesse de ses Madones trouveront leur sereine plénitude quand la soif des deux mondes sera étanchée. L'élément le plus pur et mystérieux de la culture, la musique, à son point culminant, s'évanouit et nous laisse devant l'Absolu. Dans la *Messe* ou le *Requiem* de Mozart, on entend la voix du Christ et l'élévation atteint la valeur liturgique de sa présence.

Quand elle est vraie, la culture, sortie du culte, retrouve ses origines liturgiques. Dans son essence, elle est la recherche de l'unique nécessaire qui la conduit hors de ses limites immanentes. Au moyen de ce monde, elle érige le signe du Royaume, flèche fulgurante tournée vers ce qui est à venir : avec l'Epouse et l'Esprit, elle dit : « Viens, Seigneur ! » Comme saint Jean-Baptiste, son astre s'abîme dans la lumière éclatante du Midi parousiaque.

Comme tout homme, créé à l'image de Dieu, est son icône vivante, la *culture terrestre est l'icône du Royaume des cieux*. Au moment du grand passage, l'Esprit Saint, « doigt de Dieu », touchera cette icône et quelque chose en demeurera pour toujours.

Dans l'éternelle liturgie du siècle futur, l'homme, par tous les éléments de la culture passés au feu des purifications ultimes, chantera la gloire de son Seigneur. Mais déjà, ici-bas, l'homme d'une communauté, le savant, l'artiste, tous prêtres du sacerdoce universel, célèbrent leur propre liturgie où la présence du Christ se manifeste à la mesure de la pureté de son réceptacle. Comme des iconographes habiles, ils tracent avec la matière de ce monde et la lumière de la Transfiguration une toute nouvelle réalité où transparaît lentement la figure mystérieuse du Royaume.

VII

LIBERTÉ ET AUTORITÉ

1. LA LIBERTÉ, MYSTÈRE CENTRAL DE L'EXISTENCE.

On constate aujourd'hui un certain malaise devant le problème de l'autorité et qui ne se réduit pas uniquement à l'abus qu'on nomme autoritarisme. Dans l'histoire, la confusion entre l'obéissance à Dieu et l'obéissance à une volonté proprement humaine est fréquente. La crise actuelle n'est pas seulement la revendication d'un meilleur ajustement des rapports réciproques, elle va beaucoup plus profondément et porte sur la légitimité de justifier l'autorité de l'Eglise par un appel à l'obéissance de la foi. On sait la réaction violente des prophètes, des martyrs et des saints en face des abus du pouvoir théocratique. Saint Paul ne cesse d'exhorter à ne pas perdre la liberté chrétienne, à ne pas éteindre, à ne pas attrister l'Esprit Saint par une obéissance aveugle.

Or il est indubitable que, pour l'homme d'aujourd'hui, il ne s'agit pas de l'Eglise seule ; l'homme sécularisé ressent Dieu comme l'ennemi de la liberté. Dans la dialectique hégélo-marxiste, c'est le rapport du Maître et de l'esclave ; chez Freud, c'est le symbole du « Père sadique » qui suscite le « meurtre du Père » ; chez Nietzsche, Dieu est

« l'Espion céleste » dont le regard me gêne, me transforme en chose. L'idée courante de l'omnipotence et de l'omniscience divines réduit l'histoire à un jeu de marionnettes. Comme le disait un philosophe : « Le drame est écrit jusqu'à son dernier acte et il n'est donné à aucun acteur d'y changer quoi que ce soit. » Dans ce terrible déterminisme, seul Dieu est libre et par cela apparaît seul coupable de l'existence du mal. C'est ce qu'affirme Proudhon en disant : « Dieu, c'est le mal. » « Si Dieu existe, je ne suis pas libre ; je suis libre, donc Dieu n'existe pas », énonce le syllogisme athée par la bouche de l'anarchiste Bakounine et de Jean-Paul Sartre.

Sans la justifier, on peut comprendre cette réaction, car l'idée de Dieu a subi dans l'histoire une effarante déviation. Le terrible Justicier de l'Ancien Testament sacrifie son Fils pour apaiser sa colère ; il est tout-puissant et se manifeste dans des prodiges et des miracles, il est omniscient, il prévoit et orchestre le tout de l'existence par ses interventions « providentielles » dans l'histoire. Or, selon Shakespeare, l'histoire en apparence est « une fable racontée par un idiot ».

2. LE CONFLIT.

En Occident, à l'intérieur de l'Eglise, la situation se complique par la répercussion de l'idée que l'homme a de Dieu dans les diverses théologies, ce qui suscite des conflits internes. Aux deux extrémités, on constate, d'un côté, le conformisme formaliste des intégristes et, de l'autre côté, le goût excessif de la contestation anarchique des progressistes. Dans le milieu chrétien progressiste, on ne prêche plus l'Evangile, mais une théologie de la révolution et de la violence. Au lieu de « ravir les cieux », le seul but de violence dont parle le Christ : « Le Royaume des cieux souffre violence, et des violents le prennent de force » (Mt 11, 12), la violence est dirigée contre les structures de la société de consommation, contre le capitalisme en tant que système économique. Certes, l'Evangile exige la « justice » dans les rapports humains et dans la construction de la cité humaine, mais cette exigence est articulée sur une « hiérarchie des valeurs » dont le sommet est l'amour oblatif. L'idéal d'une vie confortable, hygiénique, aisée, abondante n'est point envisagé par l'Evangile. Entre la suppression de la famine et de l'injustice criante du tiers monde, et une vie bourgeoise et confortable repliée sur elle-même, il y a un abîme. Il ne s'agit pas de doser et de limiter le confort, il s'agit de l'ouverture de la cité à la présence de Dieu, au miracle de son Incarnation dont le but n'est pas un homme simplement « heureux » mais un homme « bienheureux », mûri au soleil des Béatitudes même s'il est persécuté et martyr : « Bienheureux les persécutés pour la justice, car le Royaume des cieux est à eux. » Tout est subordonné au Royaume, non pas à l'exploitation seule et naturelle de la terre ni surtout à l'installation tranquille dans l'histoire, mais à leur transfiguration en la « nouvelle terre » — il n'y a aucun transfert, aucune fuite dans l'au-delà, mais un changement d'objectif : le dépassement des valeurs avant-dernières vers les valeurs dernières et ultimes.

La foi intelligente est un acte d'adulte et non celui d'un enfant. L'Eglise se constitue par la seconde naissance de l'Esprit et non par la première naissance des hommes. Or, seule l'Eglise recrutée par la première naissance peut prêter l'oreille à certains aspects de la « nouvelle théologie » et tomber ainsi dans l'infantilisme religieux.

L'opposition lassante de la « foi » et de la « religion », prônée par la théologie de la sécularisation et de la « mort de Dieu », fait table rase de la Tradition dans tout ce qu'elle a de positif, dans sa doctrine de la déification de l'homme et dans son accent mis sur la « nouvelle créature ». Celle-ci est rendue nouvelle par la mort et la résurrection du Christ qui ont changé les conditions ontologiques de l'existence humaine. On se demande si, d'un côté à l'autre, il s'agit du même Dieu, du même Evangile, du même mystère du Christ Serviteur souffrant. Il se produit une dangereuse marxisation de la conscience chrétienne qui pose une alternative : la fidélité à la Parole de Dieu, aux désirs de sa volonté, ou la fidélité aux désirs des hommes qui inaugure un millénarisme de la gauche et s'enracine beaucoup plus dans l'Ancien Testament que dans le Nouveau. Il est symptomatique que les courants d'une idéologie nouvelle se réclament de la pensée profonde de Dietrich Bonhoeffer. Or ce théologien luthérien, admirable par certains côtés, note à la fin tragique et combien prématurée de sa vie : « J'ai remarqué toujours davantage à quel point tout ce que je pense et ressens est inspiré de l'Ancien Testament, je l'ai lu davantage ces mois derniers que le Nouveau[1]... » Les courants progressistes s'engagent dans le combat politique, économique et social, en s'inspirant justement des prophètes de l'Ancien Testament et

1. D. Bonhoeffer, *Résistance et Soumission*, éd. Labor et Fides, Genève, 1967[3], p. 76.

en faisant de la contestation permanente le mythe d'une action révolutionnaire et violente. Or la seule vraie révolution ne peut venir que de la *métanoïa* évangélique centrée sur l'homme du VIII° jour, pour lequel « tout est nouveau » car « le Christ a mis sur toutes choses le signe de sa croix ».

Sans oublier les exigences de la justice, l'organisation de la cité humaine chez Isaïe (40-53) est subordonnée à la vision du Serviteur souffrant et de la présence de Dieu parmi les hommes. Le monde, tel qu'il est, est radicalement contesté dans l'Evangile, le monde capitaliste aussi bien que le monde marxiste, au nom de l'au-delà de ce même monde. L'homme travaille ici-bas et construit l'histoire à travers le chemin terrestre et toutes ses valeurs, non pour une cité idéale immanente, mais pour une « nouvelle terre », nouvelle cité du Royaume de Dieu. La stratégie de l'homme doit participer à la stratégie de Dieu. Dans cette stratégie transcendante, l'Evangile ne promet aucune réussite matérielle ; en effet, chaque époque dans l'histoire s'achève par un échec, mais ces échecs sont de grandes réussites car ils désaxent l'histoire et la conduisent hors de ses cadres vers l'au-delà de sa propre transfiguration. C'est le Christ qui conteste ce monde et c'est pourquoi la Pentecôte déclenche ses énergies salvatrices. Le Christ conteste la mort par sa mort et il descend aux enfers pour en sortir comme « d'un palais nuptial » ; il conteste ses bourreaux pour leur offrir le pardon et la résurrection. Il offre à tous non pas une vie opulente, mais la filiation divine et l'immortalité qui commence dès ici-bas.

Tous les actes de justice et de rénovation sociale

n'ont pas de valeur absolue en eux-mêmes, ils ne sont vrais qu'en Christ en qui ils témoignent de l'amour du Père. Ils sont destinés dès ici-bas à trouver leur dimension éternelle : l'aujourd'hui de Dieu dans l'aujourd'hui des hommes qui n'apparaît qu'au moment de leur transcendance vers le « tout Autre ». Or, l'annonce de la « mort de Dieu » ouvre le recours à la violence qui désire s'approprier l'amour de Dieu selon les vues humaines et déclare qu'il ne serait accessible qu'à travers la politique et par le truchement du prochain. Le rapport direct avec Dieu est mis en question, la prière et la contemplation sont rendues inutiles, car c'est dans la révolution violente, conditionné par elle, que le rapport avec Dieu redeviendrait accessible, c'est par le biais du politique que Dieu ressusciterait !

Face à cette aberration, il faut dire avec les Pères que l'amour comme « sacrement du frère » signifie l'accueil de l'autre par, dans et avec le Christ présent en mon âme et qui seul permet de se reconnaître « frères ». Les théologies de la violence manquent de racine évangélique, méconnaissent que le Christ appelle au dépassement des passions affrontées. Si la solution chirurgicale s'impose dans un cas concret, il faut avoir la lucide conscience qu'elle risque toujours de déchaîner les puissances démoniaques.

3. L'ATTITUDE PARADOXALE DE DIEU SELON LES PÈRES.

Les Pères de l'Eglise conseillent une approche négative du mystère de Dieu, ils avertissent du danger d'anthropomorphisme que recèlent les notions de puissance et d'omniscience, ils disent que ces catégories ne s'appliquent pas à Dieu. Il est « tout Autre », le « mystérieux », « l'éternellement cherché ». En effet, le dogme trinitaire montre que le Père n'est Père que parce qu'il renonce à toute supériorité par rapport à son Fils et à l'Esprit Saint. Dans une égale dignité, il leur donne tout ce qu'il a, tout ce qu'il est. Selon saint Jean Damascène, les Trois s'unissent non pour se confondre mais pour se contenir réciproquement. Chaque Personne divine se pose en posant les autres, en contenant les autres, en recevant tout des autres, en offrant tout aux autres dans une éternelle circulation de l'amour trinitaire, de sorte que la liberté divine s'identifie à l'amour.

La création de l'homme (« Faisons-le à notre image ») le place dans une relation intime avec le mystère trinitaire, à l'intérieur de son amour sacrificiel. Cette création, chef-d'œuvre de la Trinité, implique un certain risque de Dieu par une limitation libre et oblative de sa toute-puissance. Dieu a créé l'homme et attend de lui une libre réaction, son libre amour : « Je veux la miséricorde plutôt que le sacrifice » (Os 6, 6). C'est pourquoi Dieu « se retire » pour laisser à l'homme les pâturages de son cœur, l'espace de sa propre liberté, car « Dieu peut tout, sauf contraindre l'homme à l'aimer », dit l'adage patristique. C'est parce qu'il veut établir avec l'homme une libre réciprocité que Dieu devient en quelque sorte vulnérable et « faible ». Il abdique sa toute-puissance, il partage avec l'homme le pain de la souffrance en voulant partager avec lui le vin de la joie. Mais cette « faiblesse » divine est le sommet de sa toute-puissance qui fait surgir non un reflet passif, marionnette soumise, mais une « nouvelle créature », libre à l'image de la liberté divine, c'est-à-dire sans limites, capable d'aimer Dieu pour lui-même car capable aussi de refuser et de dire non. C'est pourquoi Dieu ne se manifeste pas dans l'orage et le tonnerre, mais dans la brise légère, pure intériorité, attente presque secrète d'un ami (1 R 19, 11-13). Selon les grands mystiques, Dieu est un mendiant divin d'amour qui attend à la porte du cœur : « Voici, je suis à la porte et je frappe, si l'homme m'entend et m'ouvre la porte, j'entrerai et je souperai avec lui... » (Ap 3, 20). Dieu, dit saint Maxime, s'est fait mendiant à cause de sa condescendance mendiante envers nous, souffrant jusqu'à la fin des temps, à la mesure de la souffrance de chacun.

Les ordres d'un tyran suscitent toujours une sourde résistance. Par contre, la Bible accentue et multiplie les appels et invitations : « Ecoute, Israël » (Dt 6, 4), « si tu *veux* être parfait... » (Mt 19, 21). « Le roi envoie ses serviteurs pour *appeler* ceux qui avaient été *invités* aux noces » (Mt 22, 3). Dieu est le roi qui lance son appel et qui attend « en souffrant » la réponse libre de son enfant. L'autorité de Dieu n'est pas un ordre qui s'impose d'en haut, elle est l'action secrète de Dieu, non sur l'homme, mais au-dedans de lui. Dieu est « plus intime à nous-mêmes que nous-mêmes », dit saint Augustin, car il est infiniment au-delà de tout ce que nous pouvons imaginer de lui. « Je suis ce que je suis », l'Incomparable, l'Insaisissable. Son autorité est d'être la vérité rayonnante d'amour, or c'est une évidence qu'on ne peut ni prouver, ni démontrer, mais qu'on reçoit en disant avec Thomas : « Mon Dieu et mon Seigneur » (Jn 20, 28).

Les prophètes ne se substituent jamais à Dieu,

mais transmettent sa parole ; de même les apôtres sont ministres parce que serviteurs. « Ne vous faites pas appeler Rabbi... n'appelez personne Père sur terre... ne vous faites pas appeler Docteur » (Mt 23, 8-10). Le seul Maître est le Christ, le Fils qui traduit l'amour du Père et sert la filiation divine des hommes. Au « Serviteur souffrant », à « Jésus-Enfant », l'Evangile n'applique nulle part les termes juridiques de l'autorité. Ainsi est l'obéissance conjugale ; là où règne l'amour authentique, les rapports entre époux s'inscrivent dans un registre où l'obéissance devient la vérité réciproque vécue et ouverte à la présence du Christ. L'Eglise suit l'exemple du Seigneur, elle n'est que servante de la vérité pour ne pas faire écran entre les hommes et l'Evangile, entre les enfants et leur Père. Ainsi agissaient les grands spirituels dans leur total effacement, faisant de leurs « fils spirituels » non leurs propres enfants, mais les enfants libres et adultes de Dieu lui-même.

« Qui vous écoute, m'écoute » (Lc 10, 16) ; si on met l'accent sur « vous écoute », c'est alors la conception juridique des autorités et de la délégation des pouvoirs du souverain législateur. Or l'unique volonté de Dieu est de s'unir l'homme par un libre amour. A la conception pyramidale de l'Eglise avec les délégations de pouvoir en cascade hiérarchique s'oppose la figure concentrique du cercle avec au centre l'Amour rayonnant et les rayons qui se rapprochent les uns des autres en allant vers le centre divin. Il ne s'agit point de remettre en question l'autorité de l'Eglise en tant que lieu de la Parole et de la Présence divines ; il s'agit de ne pas confondre le divin avec les ministères et les fonctions humaines dans l'Eglise.

4. AUTORITÉ ET LIBERTÉ DANS LEUR ÉVOLUTION HISTORIQUE.

En Occident, depuis la Réforme, le problème se pose en termes d'accord entre l'autorité et la liberté avec un accent variable sur l'une ou l'autre de ces deux réalités de la vie ecclésiale. C'est bien un problème de dosage : quelle est la part réciproque des deux ? A Rome, c'est la question : quelle est la mesure de liberté du peuple que l'on peut légitimer, afin de sauvegarder l'ordre et l'autorité du clergé ? Le protestantisme met l'accent sur la liberté et demande quelle est la mesure d'autorité qu'on peut légitimer, afin de sauvegarder la liberté de tout croyant. On voit bien que ce conflit détermine l'autorité et la liberté comme principes corrélatifs où la liberté est définie par rapport à sa limite qui est autorité et l'autorité est définie par rapport à la liberté qu'elle doit limiter. Selon les époques, la limite se déplace dans l'un ou l'autre sens.

Dans les mouvements anarchisants, la limite se déplace au point de ne plus rien délimiter, c'est l'exigence élémentaire d'une liberté radicale qui supprime toute contrainte. A son terme logique, la liberté par sa nature ne peut rester « modérée » avec un peu plus ou un peu moins, c'est tout ou rien. Tôt ou tard, l'ombre du surhomme de Nietzsche se profile, Feuerbach annonce la libération de toute aliénation, Dostoïevski enfin fait le bilan et désigne la vérité ultime de l'arbitraire révolutionnaire : « La liberté ou la mort. » Le cercle est bouclé et le conflit est sans issue, car le principe du dosage rend les termes *extérieurs* l'un à l'autre ; il les extériorise et les oppose entre eux, ce qui fait perdre immédiatement *la profondeur d'intériorisation*, seule capable d'apporter une solution. La corrélation extérieure de ces deux termes, leur objectivation, est explosive. Tout au long de l'histoire, la liberté sape l'autorité, l'autorité enchaîne la liberté sous le prétexte hypocrite d'inviter à faire librement le nécessaire dicté par l'autorité. « L'homme du souterrain » de Dostoïevski se dresse violemment contre la logique formelle et lance : « Et si nous envoyions tous ces "deux et deux font quatre" à tous les diables ! » On sait bien ce que cela signifie concrètement.

Avant de reprendre le problème de l'intérieur, il serait utile de rappeler quelques définitions classiques. Selon Littré, l'autorité est le pouvoir de se faire obéir, de s'imposer et de commander. L'autorité, légitime ou non, est envahissante, elle ne se résigne pas facilement à n'être pas toute-puissante. Si elle use du pouvoir et du savoir-faire dont elle dispose pour subordonner les autres à ses fins particulières, elle est asservissante. Le philosophe Alain distingue radicalement l'autorité de la puissance, il renverse les termes et avertit : « Si l'autorité feint d'aimer, elle est odieuse, et, si elle aime réellement, elle est sans puissance. » Karl Jaspers l'explique par une analyse pénétrante : « La notion d'autorité nous vient de la pensée romaine. *Auctor*, c'est celui qui soutient une chose et la développe, celui qui fait croître. *Auctoritas* selon l'étymologie, c'est la force qui sert à soutenir et à accroître », qui veille non pas à la défense, mais à la *croissance*. On voit bien qu'il s'agit non pas de faire *obéir*, mais de faire *épa*-

nouir. Lafay précise : « L'autorité diffère de la puissance. L'une inspire un sentiment de respect et de vénération, l'autre un sentiment de crainte. L'autorité se rapporte à la dignité, la puissance à la force. » Mais c'est le Père Laberthonnière qui va le plus loin : « L'autorité qui se subordonne en un sens à ceux qui lui sont soumis, et qui, liant son sort à leur sort, poursuit avec eux une fin commune : celle-là est libératrice. » Dans ce cas l'autorité est gardienne de la liberté, elle est sa garantie. Comme le dit Mgr Dupanloup : « Toute autorité dont le dévouement n'est pas le principe n'est pas digne de ce grand nom. » Ce dévouement, l'Ecriture le désigne par le terme de *diaconia*. « L'autorité, dit encore le Père Laberthonnière, qui est conçue uniquement comme une puissance s'imposant par contrainte ou par habileté, se trouve, par essence même, irrémédiablement *extérieure* et *étrangère* à celui sur lequel elle s'exerce... Mais elle peut prendre un autre caractère et même un caractère absolument opposé », et ce serait le caractère *intérieur*. Dans l'Evangile selon saint Luc (9, 54 s.) : « Ses disciples dirent : "Seigneur, veux-tu que nous disions que le feu descende du ciel et qu'il les consume ?" Mais Jésus les réprimanda : "Vous ne savez de quel esprit vous êtes animés." » Le Père Laberthonnière, très proche du christianisme oriental, exprime bien son principe même *d'autorité intériorisée* qui change totalement la nature de celle-ci.

5. LA TRADITION ORIENTALE.

Saint Paul montre dans le christianisme la charte de la liberté de l'esprit humain. Le maximalisme évangélique supprime toute la modération du juste milieu bien pesé et dosé. « Dieu ne demande pas tant... », dit le bon sens d'un honnête homme, or Dieu demande tout et même plus.

Les Pères du désert ne posaient aucun problème théorique ; ils vivaient tout simplement une liberté illimitée. Leur exemple enseigne toujours la même intériorisation : tout homme trouve le même espace de *liberté intérieure* en se plaçant devant la Face de Dieu. C'est déjà l'expérience d'Epictète, c'est l'enseignement de saint Paul, même un esclave est un homme *intérieurement*, royalement libre. C'est en Dieu qu'une telle liberté trouve non pas une limite, car l'Illimité ne peut jamais devenir limite, mais son unique source qui étanche sa soif et se pose en objet et contenu de la liberté au-delà de toute contrainte. L'homme doit se soumettre à la volonté de Dieu et il ne doit pas se soumettre purement et simplement. Dieu désire l'accomplissement de sa volonté et ne désire pas que l'homme soit esclave, mais qu'il soit le fils libre et l'ami du Christ.

La définition classique de la liberté y voit la faculté de choisir. Saint Maxime le Confesseur affirme juste le contraire : le besoin de choisir, dit-il, est une indigence, conséquence de la chute. La vraie liberté est un élan total orienté tout entier vers le Bien et qui ne connaît aucune interrogation ni hésitation. Au niveau de la sainteté, le choix cesse de conditionner la liberté. Le parfait suit le Bien immédiatement, spontanément, il est au-delà de toute option. Dans cette forme la plus élevée, la liberté est une activité qui produit ses propres raisons, au lieu de les subir. Elle s'élève au niveau où les actes les plus libres sont les plus parfaits. Dieu ne choisit pas. A son image, l'acte d'un saint dépasse toute préférence. Hésiter et choisir, chercher l'autorité et ses directives, c'est le propre d'une volonté divisée en désirs contradictoires et qui s'entrechoquent sans cesse. La perfection est dans la simplicité d'une convergence surnaturellement conaturelle à la volonté divine. On ne peut l'atteindre qu'en dépassant toute extériorisation des rapports.

6. L'AUTORITÉ EST LA VÉRITÉ QUI AFFRANCHIT.

Si on suit la fausse dialectique (ici, c'est le pouvoir de l'Episcopat, et là, c'est la liberté du Peuple de Dieu), tout devient déformé, objectivé et démesuré par l'extrême souci de mesurer. Nous avons déjà vu que l'autorité conçue comme une valeur extérieure change de nature. Par contre, intériorisée, elle apparaît comme une valeur des plus paradoxales : elle est l'autorité qui nie être autorité, nie être puissance de contrainte et surélève à un niveau où elle s'identifie avec la Vérité. La tradition orientale affirme : l'Eglise n'est pas une autorité, comme Dieu n'est pas une autorité, ni le Christ des Evangiles, car l'autorité est toujours quelque chose d'*extérieur* pour nous. *Non pas l'autorité* qui enchaîne, mais *la Vérité* qui affranchit.

Tout dosage à l'image des blocs politiques pose la liberté comme un choix. L'homme ici est libre avant de choisir ; dès que le choix est fait, il n'est plus libre. Il a choisi un principe qu'il érige en autorité à laquelle il se soumet. On est devant un paradoxe : la liberté est un choix qui la limite et à la fin la supprime.

Or l'Evangile parle visiblement d'une tout autre situation. Il appelle à connaître et donc à choisir son objet, la Vérité, et c'est cette Vérité qui affranchit et rend réellement libre. Cela signifie que toute opposition entre l'autorité et la liberté se place sur un plan extra-ecclésial où la victoire de l'une ou de l'autre n'affranchit point dans le sens de la parole du Seigneur. La théologie scolaire est toujours tentée par ses propres mesures : un évêque a une mesure pleine, un prêtre un peu moins et un laïc encore moins ; ici la grâce est présente, là elle est absente. Or l'Esprit souffle où il veut, et qui peut le mesurer ? Nous savons sa présence, mais nous ignorons ses absences, peut-être même inexistantes.

Un des plus anciens symboles de la foi confesse : « Et en l'Esprit Saint l'Eglise », cette mystérieuse identification veut dire : croire en l'Eglise, dans sa surabondance de "grâce sur grâce" sans mesure. « La loi *(l'autorité)* a été donnée par Moïse ; *la grâce et la vérité* (la liberté) sont venues par Jésus-Christ » (Jn 1, 17) : « Dieu donne l'Esprit sans mesure » (Jn 3, 34). La soif de la vraie liberté est la soif de l'Esprit Saint qui affranchit sans mesure. Simone Weil parle bien de cette soif : « Appeler l'Esprit purement et simplement ; un appel, un cri. Comme quand on est à la limite de la soif, qu'on est malade de soif, on ne se représente plus l'acte de boire par rapport à soi-même, ni même en général l'acte de boire. On se représente seulement l'eau, l'eau prise en elle-même ; mais cette image de l'eau est comme un cri de tout l'être... » A cette soif répond l'Eglise vécue comme la Pentecôte continuée, la surabondance perpétuée : « Que celui qui a soif, vienne. Que celui qui le veut, reçoive gratuitement l'eau de la vie » (Ap 22, 17). C'est l'essence même de l'Eglise : non pas l'autorité mais la source de la surabondance, la grâce sur grâce, la liberté sur liberté et qui supprime toute « objectivation », tout conflit, tout tremblement d'esclave.

La chute fut justement la perversion des rapports intérieurs établis par Dieu. Mais auparavant, c'est le serpent qui pervertit l'état paradisiaque en suggérant l'idée fausse d'une interdiction, donc *d'une loi avant la chute*. Le serpent insinue : « Dieu a dit : Vous ne mangerez pas de tous les arbres du Jardin » (Gn 3, 1). Or Dieu dit juste le contraire : « Tu peux manger de tous les arbres du Jardin » (Gn 2, 16), mais avec des conséquences différentes. Si saint Paul dit : « Tout est permis, mais tout n'est pas utile » (1 Co 6, 12), le serpent dirait : « Tout est interdit, mais tout est utile » ; Dieu ainsi est transformé en loi et interdiction. Mais Dieu ne dit pas : « Ne mange pas de ce fruit, autrement tu seras puni », il dit : « Ne mange pas de ce fruit, autrement tu mourras. » Ce n'est pas un ordre, c'est l'avertissement d'un destin librement choisi dans un sens ou dans un autre. Il ne s'agit point d'une simple désobéissance, il s'agit de l'inattention à la communion vivante avec le Père, du tarissement de la soif de sa présence, de son amour-vérité qui est la vie, car à l'autre pôle se pose la mort. L'homme au moment de la tentation se représente Dieu comme une autorité qui dicte ses ordres et exige une aveugle obéissance. La suggestion vient de Satan, de la révolte première contre une autorité objectivée et ainsi appauvrie et pervertie, car elle cesse d'être vérité qui affranchit.

L'homme a « objectivé » Dieu et posé une distance, un espace extérieur, et dès lors il cherche l'obscurité et se cache, se fabrique une existence de prisonnier. C'est pourquoi le Christ vient « pour publier la liberté aux captifs... pour renvoyer libres ceux qui sont dans l'oppression » (Lc 4, 19).

La portée du péché originel est de transformer Dieu en autorité extérieure, en Loi, et alors logiquement le pas suivant est la transgression de la Loi-Dieu, ce qui place l'homme à l'extérieur de Dieu. Il fallait l'Incarnation pour que l'homme se retrouve de nouveau au-dedans de Dieu. Il fallait que « Jésus-Enfant » révèle le vrai visage du Père dans la parabole du fils prodigue où l'autorité-justice n'est pas du côté du père, mais du fils aîné. Le père ne fait que courir à la rencontre de son enfant.

« Laissez les morts enterrer les morts » signifie enterrer l'autorité morte et la liberté morte, perverties toutes deux au même titre. « Vous savez que les princes des nations les asservissent, et que les grands les tiennent sous leur puissance. Il n'en est pas ainsi parmi vous ; au contraire, celui qui voudra être grand parmi vous, sera votre serviteur » (Mt 20, 25-26). Saint Jean-Baptiste est « le plus grand parmi les hommes » parce qu'il est « le plus petit » (Mt 11, 11). La parole de saint Paul (2 Co 1, 24) : « Nous ne sommes pas les maîtres de votre foi, nous sommes les serviteurs de votre joie », définit magnifiquement en Orient « l'autorité » épiscopale.

Dans la Nouvelle Alliance, le « commandement nouveau » remplace la Loi mosaïque et pose une relation réciproque : « Celui qui m'aime... je l'aimerai. » L'autorité messianique de Jésus est le pouvoir de pardonner les péchés et de guérir-sauver. Tout est intériorisé, la Loi et les prophètes se réduisent au commandement d'amour. L'autorité conférée aux Douze et à leurs successeurs se place à l'intérieur de la communauté et jamais au-dessus d'elle. L'identification entre l'Eglise et le Christ, le Corps et la Tête, rend impossible toute autorité humaine sur le Peuple de Dieu, ce qui serait l'autorité humaine sur le Christ. L'épiscopat, depuis Irénée, n'est pas un pouvoir *sur* l'Eglise, mais l'expression de sa nature ; son identité sacramentelle et son charisme de la vérité ne sont pas une infaillibilité personnelle, mais celle de l'Eglise locale, identique à l'Eglise dans sa totalité.

Depuis la Pentecôte, l'Eglise est conduite par l'Esprit Saint et le concile apostolique de Jérusalem, sans se référer à la parole du Christ, a formulé son propre *principe* de vie : « Il a semblé bon à l'Esprit Saint et à nous » (Ac 15, 28).

Toutefois, dans l'Eglise, « tout est selon l'ordre », et l'évêque est responsable de l'enseignement correct et de la direction pastorale de la communauté. Le *consensus* universel est le *signe* de la vérité en matière de foi, car la seule instance suprême à l'intérieur du Corps est l'Esprit Saint. La naissance de la « nouvelle créature » affranchit et fait voir dans l'Eglise le lieu de « la glorieuse liberté des enfants de Dieu » (Rm 8, 21).

Le scepticisme actuel s'oppose à l'autorité extérieure et cherche le principe intérieur, pressent le mystère de l'Eglise qui n'est pas autorité, mais Esprit de Vérité.

La connaissance de la Vérité qui affranchit n'est pas celle de la vérité *sur* Dieu, mais la connaissance de la Vérité qui *est* Dieu, la fête de la rencontre comme le dit si bien saint Syméon : « Je te rends grâce de ce que sans confusion, sans séparation, tu te sois fait un seul esprit avec moi [2]. » Le feu divin rend inséparables le Créateur et la créature, supprime toute distance, toute objectivation-extériorisation de l'autorité. Chez Sartre, c'est la soif de la liberté formelle qui domine, mais cette liberté est vide, sans objet ; dans la parole de Simone Weil c'est l'objet, le contenu qui domine : l'eau de la vie, l'Esprit Saint donné sans mesure.

Le discours de saint Pierre le jour de la Pentecôte cite la prophétie de Joël : « Il arrivera dans les derniers jours, dit Dieu, que je répandrai mon Esprit sur toute chair ; vos fils et vos filles prophétiseront, vos jeunes gens auront des visions et vos vieillards auront des songes » (Ac 2, 17). La descente de l'Esprit Saint signifie que les temps derniers ont déjà été inaugurés *qualitativement* et que les dons de l'Esprit commencent à se déverser, bien qu'un peu « en vrac » pour le moment. Après le concile Vatican II, les mouvements qui en découlent montrent un dynamisme qui fait bouger le Corps. Souvent un tâtonnement maladroit mais qui est une recherche positive, à travers les déviations du passé, d'une relation vraie entre les différentes parties d'un seul Peuple de Dieu ; les évêques et les laïcs tous ensemble et au même titre sont les *serviteurs* à l'image du Seigneur. L'Esprit Saint peut susciter des impatiences et des soifs, de loyales recherches, et s'en servir pour l'avancement du Royaume.

Dans ses souvenirs d'adolescence *(les Mots)*,

---

2. Saint Syméon, *Hymnes*, I, Paris, 1969, p. 153.

Sartre dit une parole profonde : « J'attendais le Créateur (Père), on m'a servi un Grand Patron. » L'Eglise doit se rendre attentive à cette attente, à cette recherche, et y répondre. Par cette réponse, on verra dans un évêque non pas un chef, un patron, une puissance de contrainte, mais l'image du Père, et, dans un homme qui a soif de la liberté, le fils prodigue qui ne cherche pas l'autorité, mais le cœur du père. C'est la joie et la liberté des enfants de Dieu qui trouvent dans l'Eglise, par-dessus les règles et les fonctions, l'Esprit Saint.

L'obéissance à Dieu intériorisée contemple ce que chante la liturgie : « Seul Saint, seul Seigneur est Jésus-Christ. » C'est la seule Seigneurie révélée par Dieu lui-même et elle est celle du Christ qui frappe à la porte du cœur humain (Ap 3, 20). A côté du Christ se pose la Seigneurie pentecostale de l'Esprit Saint, de ses souffles de liberté, en attendant la Seigneurie du Père au Royaume, mais peut-on appeler la Seigneurie autorité ? Ce serait absurde. Le Royaume est la Seigneurie de la Trinité qui inclut dans le cercle sacré de la circulation éternelle de l'amour tous les hommes, affranchis enfin totalement par la Vérité-Joie sans déclin. L'Eglise, comme saint Jean-Baptiste, doit « diminuer » pour ne révéler que la présence du Christ — Epoux et Fiancé — qui offre déjà la communion eucharistique comme une communion nuptiale avec toute âme humaine.

VIII

AUX ÉGLISES DU CHRIST

Nous sommes devant un fait historique brutal. Pour de multiples causes, l'Eglise est rejetée à l'époque pré-constantinienne. Une poignée faisant face au monde hostile à son message, et sans aucune prise sur l'histoire. Plus exactement l'époque est post-constantinienne. Le monde n'est plus païen, il est profondément athée. Il écoute d'autres évangiles, et d'autres prophètes lui parlent. Les forces dynamiques entrent en jeu et tâchent d'opérer une nouvelle intégration du monde avec d'autres dominantes incompatibles avec l'éthique chrétienne.

A toute affirmation du transcendant, l'esprit sceptique des hommes laisse tomber : « Qu'est-ce que la vérité ? » Pilate méprisait la mentalité juive. Combien le monde actuel est plus justifié dans son mépris du christianisme historique. De lourdes trahisons marquent profondément le visage de celui-ci.

Dans la réalité chaude et palpitante de la vie, Dieu ne trouve plus aucune bouche suffisamment pure et détachée pour se faire entendre. Tout est horriblement compromis au point que les rôles sont inversés : l'Eglise est jugée par le monde.

Les chrétiens ont tout fait pour stériliser l'Evangile; on dirait qu'ils l'ont plongé dans un liquide neutralisant. Tout ce qui frappe, dépasse et renverse, est amorti. Devenue inoffensive, la religion est aplatie, sage et raisonnable, l'homme la vomit. La clef de voûte : « Dieu n'en demande pas tant », laisse s'affadir le sel de l'Evangile : la terrible jalousie de Dieu, son exigence de l'impossible. On ne peut même pas dire que l'Evangile rencontre un mur. Un mur dur, résistant : c'est la réaction. Or, l'Evangile ne rencontre que la totale indifférence; il résonne dans le vide, il passe à travers et rien ne le retient.

L'Eglise n'est plus, comme aux premiers siècles, la marche triomphale de la Vie à travers les cimetières du monde. Dans les toutes récentes définitions théologiques de sa nature, l'Eglise est conçue d'une manière étonnamment statique, en fonction d'elle-même : elle est un lieu d'autonutrition, une assemblée qui s'alimente. En perdant la notion apostolique du Corps, organisme vivant de la présence réelle du Christ, du Christ qui n'est venu ni pour les apôtres ni pour une poignée de paroissiens, l'Eglise n'existe plus en fonction du monde. Alors la foi chrétienne perd étrangement sa qualité de ferment; elle ne fait plus monter aucune pâte; les chrétiens n'ont plus le sens de la mission; ils ne savent plus être ambassadeurs, *envoyés*. La vie tourne en circuit fermé ! Après les millénaires de vie chrétienne historique, le jugement le plus terrible que le monde puisse porter sur l'Eglise, c'est de devenir son miroir fidèle où elle reconnaît le monde comme sa propre hérésie chrétienne, chair de sa chair.

Le christianisme et à sa suite le monde se sont

installés dans la rupture de la divino-humanité. Selon la formule christologique fondamentale du IVe concile œcuménique de Chalcédoine : le divin et l'humain en Christ sont unis *sans confusion* et *sans séparation*. Or si le monophysisme divin dans la théologie dévalorise tout ce qui est humain (l'absence tragique et si éloquente de toute anthropologie chrétienne), le monophysisme humain dans les diverses formes de l'humanisme sépare et ensuite supprime le divin. Mais ce qui est infiniment plus grave, c'est le fait que toute hérésie de la pensée est fruit de l'hérésie de la vie. Arius était monothéiste judaïsant dans sa vie, dans sa piété et c'est de cette source que sortit sa théologie hérétique. Les chrétiens actuels sont hérétiques dans leur existence et la théologie qu'ils font est celle des eunuques (« les eunuques peuvent-ils parler de la naissance ? » demandait encore saint Athanase) ; même quand elle est correcte, elle frappe par l'absence de toute vie.

On voit, même dans l'effort héroïque de l'évangélisation actuelle, les conséquences de la rupture ; les deux courants dominants ne se rencontrent pas : d'une part il y a la conversion individuelle faite en franc-tireur dans le sens vertical avec le danger de sectarisme, et d'autre part le courant qui incarne le christianisme dans le monde — dans le sens horizontal — et subit la sécularisation. Le point de jonction manque. Or la puissance du message chrétien se trouverait au point de jonction : le salut ne peut se faire que dans l'Eglise, mais celle-ci bien enracinée dans le monde ne vit en dernier lieu que du « Viens, Seigneur Jésus ! » (Ap 22, 20). C'est parce que la solution intégrale de l'histoire est au-delà de ses limites que seule l'Eglise, vivant à la lumière de la Parousie, est réellement dans l'histoire, la réalise et l'accomplit.

Aucun mouvement de réveil ne sera ni efficace ni durable tant qu'il ne fera avant tout de tout homme un membre organique du Corps, et des paroisses les lieux vivants où la plénitude du Christ à venir débordera déjà sur le Christ historique. Or, la chrétienté dans sa masse professe la religion sombre des oiseaux de nuit dont le sérieux pesant donne envie de devenir athée, ou bien la religion faite de quelques bribes simplistes et optimistes, de sourire facile et d'oubli de la mort, dont la vision niaise désarme.

Il est fort possible qu'une psychanalyse de la mentalité chrétienne courante découvre une des plus profondes causes de l'inactualité du message chrétien. Le christianisme n'est pas une doctrine, mais une vie, une incarnation, donc des actes. La réaction de l'homme de la masse, produit typique de l'évolution sociologique moderne, est avant tout une réaction au fait chrétien. Ce qui l'intéresse dans le communisme n'est point la spéculation marxiste, mais le fait communiste, et surtout l'homme nouveau communiste. L'homme de la masse écoute le message chrétien à la lumière ou à l'obscurité du fait chrétien. Or, la masse chrétienne nous place devant un phénomène saisissant : la chrétienté n'est point « une race nouvelle », elle n'est qu'une des formes sociologiques typiques et là nous touchons la raison la plus grave de l'échec chrétien.

La foi n'est plus la source, elle est devenue une

superposition, un élément ajouté aux structures du monde où les fidèles sont engagés, et cela présente un exemple frappant d'aliénation sociologique. Les prêtres et les pasteurs acquièrent un vocabulaire supplémentaire, mais le mode de penser, de concevoir, d'apprécier et d'agir, tout le comportement sont déterminés sociologiquement. « L'unique » de l'Eglise défend la propriété ou la collectivisation ; l'élément démoniaque pour les uns est tout ce qui est « socialisme », pour les autres tout ce qui est « capitalisme ». Le Royaume de Dieu n'est qu'une catégorie éthique ou « instrumentale » de propagande qui couronne l'édifice. Un stoïcien, un spinoziste, un athée sont engagés aussi au titre de leur croyance morale. Mais toutes les vertus chrétiennes se brisent devant la parole : « Les païens eux-mêmes n'en font-ils pas autant ? » (Mt 5, 47). La sainteté n'est point une vertu, mais l'éclat du transcendant. Dès que toute préoccupation éthique est axée sur le Logos, toute perspective morale se trouve renversée, car le dépassement chrétien n'est pas celui des existentialistes à l'intérieur du monde clos, mais le dépassement du monde lui-même dans sa totalité.

Depuis Constantin le Grand, l'emprise de l'Eglise sur l'histoire ne s'exerce ni d'au-dessus ni d'au-dedans, mais s'exerce en s'identifiant avec les structures historiques du monde. Le christianisme féodal, bourgeois, prolétarien perd ainsi toute puissance de seconde naissance, d'enfantement dans ce qui est *au-dessus*. Le monachisme est sorti de la révolte contre l'aliénation de l'Eglise par l'Empire ; seul l'héroïsme au désert semblait pouvoir répondre aux exigences absolues de l'Evangile.

L'Eglise, mystère en marche, l'Eglise, Fiancée attendant son Roi, est devenue une « société religieuse » soumise aux lois de l'évolution naturelle. Les conséquences en sont désastreuses.

Si, en apparence, « les chrétiens ne valent pas mieux que les autres », plus profondément, par la sève qui vient de l'au-delà, un chrétien est capable de ressusciter les morts ; mais dès qu'il se nourrit des nourritures terrestres, il est celui qui enterre.

L'Incarnation s'accommode du siècle. Le Temple est devenu une vaste « compagnie d'assurances » sur la vie éternelle avec le minimum de risque (« le pari » de Pascal), avec une technique de consolation et des « trucs » appropriés à chaque cas. On prêche la foi chrétienne comme le meilleur placement de la vie, on offre la Sainte Cène comme un comprimé d'éternité. L'homme touché par l'instabilité de toute valeur courante s'accroche au dernier reste, au « stable » des valeurs spirituelles, mais cela est justement contraire à l'ordre spirituel : en perdant la sensation kierkegaardienne de se trouver au-dessus de mille brasses d'eau, en cherchant des garanties pour son salut, il compromet en réalité ce salut. La bourgeoisie chrétienne a fait de l'Evangile le prolongement des meilleures aspirations de l'humanité vers le meilleur des mondes possibles, le Royaume de Dieu. Ce qui a perdu le christianisme historique, c'est l'optimisme de la bondieuserie vidé de toute existence tragique. Or, l'Evangile est foncièrement inadaptable, explosif ; il est une exigence de métamorphose, de *métanoïa* qui brise non seulement les formes historiques, mais fait éclater l'histoire elle-même.

C'est en vertu de cette intériorisation fondamentale de la vérité chrétienne qu'une science, une philosophie, une politique chrétiennes ne peuvent pas exister, ni philosophes ni épiciers chrétiens non plus. Il n'y a que des hommes chrétiens qui exercent d'une manière authentique ou fausse l'art, la médecine ou le commerce. On ne peut pas *avoir* une mathématique chrétienne, mais on *est* chrétien. Toute expression dépend uniquement de la source et jamais du but. Dans un logis, on peut ajouter un bénitier ou coller aux murs un texte biblique, ce ne sont point ces appendices qui en feront une *ecclesia domestica*.

Or, un chrétien actuel est un homme qui, à l'ensemble de ses connaissances, ajoute le postulat de l'existence de Dieu. La différence entre les croyants et les incroyants est dans le fait que les uns sont un peu plus métaphysiciens que les autres. Les uns croient à l'allopathie, les autres à l'homéopathie, les troisièmes à la technique de la prière (les observations cliniques du docteur Carrel montrent que l'élément mystique rend les malades plus résistants ; les guérisseurs démontrent que la foi donne « la bonne santé » ; le miracle est sociologiquement canalisé vers une puissance hygiénique et démonstrative). Dans la mentalité et le comportement de la masse chrétienne, il n'existe plus rien qui place *au-dessus*, qui dépasse, qui par son existence même annonce le *complètement Autre*. La foi apparaît comme un des éléments fonctionnels d'un type, d'une catégorie sociologique donnée et cela vide immédiatement le message chrétien de toute puissance transformatrice.

On comprend alors que la chrétienté, comme forme sociologique, n'attire plus. C'est ailleurs qu'on rencontre encore des hommes passionnés, avides de grandeur, mais c'est justement ailleurs qu'en un effort désespéré, ils cherchent à se trouver au-dessus, dans ce qu'ils appellent le *pur* de l'existence.

Dans les paroisses, on est frappé par la pauvreté de la matière humaine, par le nombre des gens médiocres ou qui cherchent des compensations; on dirait qu'ils sont là parce qu'ils rêvent d'être premiers au moins dans le Royaume de Dieu. « Dieu a choisi les choses faibles, viles et méprisées du monde », non point parce qu'Il ne sait pas choisir, mais parce qu'Il choisit « les choses folles pour confondre les sages » (1 Co 1, 27-28). Or la plus grande sagesse de la masse chrétienne, c'est précisément de fuir comme la peste tout ce qui est « fou », tout ce qui est dépassement, tout ce qui est mystique, cœur même de l'Evangile. Au lieu de confondre, elle-même se confond avec le monde, devient poussière sans éclat ni valeur.

Au Moyen Age, l'Eglise possédait une arme puissante : la peur de l'enfer. Avec le temps, la conception mystique de la vie s'en va, et le diable avec son attirail infernal n'est plus qu'une histoire ridicule pour les enfants. Mais le paradis, tout comme l'enfer, n'est plus une partie de l'expérience spirituelle de l'homme ; devenus radicalement transcendants, ils passent à une pure abstraction. La peur de l'enfer et la joie du Royaume se trouvant à l'extérieur de l'homme, il reste encore la vérité, le sens de l'existence. C'est là que l'homme moderne est le plus vulnérable, le plus accessible.

Le mal supprime toute issue, il règne indiscutablement, irrémédiablement l'homme souffre et fait souffrir les autres. Le monde est tombé, mais la hauteur d'où il est tombé n'existe pas. Il n'y a pas de coupable : la notion du *péché* est la plus vide de sens, et le *pardon* perd tragiquement sa raison d'être. Personne ne cherche le pardon, car il n'y a que des malheureux, victimes du hasard qui les a jetés dans l'existence : ils n'ont qu'à se rendre le moins sensibles possible et à s'oublier ; ou courageusement à exister hors de tout Verbe ; ou encore à essayer de refaire le type humain en supprimant tout reste de l'angoisse métaphysique.

L'homme vit dans l'absence de continuité, emporté par un courant au rythme saccadé ; il est plongé dans la durée syncopée. La vie n'a plus de mystères : il n'y a d'initiation qu'aux techniques. Qui ose parler encore de l'amour en face de l'art accompli de la technique sexuelle ? Que peut dire à qui que ce soit le *mysterium tremendum*, le « ce lieu est saint » de toute sensation du sacré ? Et dans quels termes biologiques peut-on parler à l'homme moderne de la Mère-Vierge ?

Les visages des hommes qui font l'histoire ne permettent pas de les imaginer à genoux, en état de contemplation. Le mystère du mal, hors de la chute, étant insoluble, l'histoire dans son infini vicieux apparaît comme un défaut sur la surface lisse du néant où rien ne se passe. La désagrégation de la matière humaine est si profonde que l'idée la plus innée, la plus naturelle, celle de l'unité intérieure du genre humain, du premier et du second Adam, maintenant est la plus impénétrable, la plus hermétique, même pour les chrétiens. Dès lors une totale indifférence enveloppe le message chrétien : « De tout cela nous reparlerons une autre fois » (Ac 17, 32). Toute parole est rendue inefficace d'avance par principe, par préjugé.

L'homme terriblement pratique pèse, calcule, et s'il lui arrive de se demander ce que l'aventure chrétienne lui « rapporte », il jette un coup d'œil sur la chrétienté et ne constate aucune différence de nature : tout comme dans le monde, il voit des hypocrites et des refoulés qui cachent leur faiblesse ou des habiles qui se servent d'opium pour arriver à leurs buts inavouables. Et si le monde plus que jamais est las de discours et si la parole ne touche plus personne, c'est que la situation depuis la tour de Babel s'est aggravée : ce n'est plus la confusion des langues, mais la confusion à l'intérieur même de ces langues. Les hommes ne se comprennent plus. La communion est rompue. L'homme respire l'isolement.

La chrétienté, devenue poussière sociologique, peut-elle redevenir le lieu où éclate la présence du Dieu-Homme ? Le visage du Christ peut-il encore « resplendir dans le visage des siens », comme dit une ancienne prière liturgique ? Toute la question est là. Seul est puissant le message qui reproduit non pas les paroles du Verbe, mais le Verbe lui-même ; seule sa présence fera du messager *lumière* et *sel*.

Le germe explosif de l'Evangile révolutionne, renverse avant tout, non pas les structures du monde, mais les structures de l'esprit humain. De l'activisme, l'accent se déplace sur la manifestation de Dieu dans l'homme, sur l'avènement du Christ dans l'homme : « Acquiers la paix intérieure, et une multitude d'hommes trouvera son salut auprès de toi. »

L'homme moderne présente déjà quelque chose de modifié dans la structure même de son type anthropologique, tant par la magie des possédés que par la licence du « tout est permis ». Mais cet homme est malheureux au fond de son âme. Sa tristesse trouve encore un écho dans la soif de la liberté. Pour un moment encore, il est capable de renoncer à tout, si seulement pendant quelques instants il voit le Christ, il converse avec lui. Mais il faut pour cela que le messager chrétien cesse de rabâcher les leçons de catéchisme, d'être l'homme qui parle de Dieu, et qu'il se laisse devenir celui en qui Dieu se raconte. Si nous retrouvons le Christ dans l'Evangile, c'est parce que chaque parole prononcée contient déjà toute sa présence. Le messager doit s'identifier avec le Christ parlant, faire éclater sa présence, ou se taire pour toujours.

Le salut ne s'opère que dans l'Eglise : le ministère de la Parole passe par le ministère des sacrements et s'achève dans le ministère de l'*incorporation*. Mais le Corps déborde hors de l'histoire, et c'est dans le dépassement qu'il libère l'homme de toute aliénation sociologique. Cela est clairement décrit dans le récit de la vocation des apôtres : « Laissez les morts enterrer les morts » (Mt 8, 22) ; vocation, appel dépassent les cimetières sociologiques.

Au temps des conciles, le monachisme s'était érigé en appel puissant qui annonçait la fin, et combien de générations ont été bouleversées par l'image frappante de son héroïsme. Or, le monachisme aujourd'hui est *au-dessus* du monde, mais il n'est pas *au-dedans*. La chrétienté est appelée plus que jamais à se trouver à la fois au-dedans et au-dessus, et c'est l'essentiel.

L'AMOUR FOU DE DIEU

Le problème n'est point dans un nouveau langage. Il y a même un réel danger d'abaisser le message. C'est l'homme qu'il faut élever.

« Celui qui est près de Moi est près du feu. » Non les paradoxes ou la dialectique, mais le feu qui consume. Il faut retourner au langage simple et frappant des paraboles.

« Jamais homme n'a parlé avec une telle puissance » (Jn 7, 46). C'est que par tout son être le Christ annonçait « le tout Autre » et par cela renversait à chaque instant toute perspective établie, ne laissant pas « pierre sur pierre ».

Le message doit déshabiller l'homme de toute enveloppe sociologique, frapper l'homme nu et ensuite le vêtir du Christ. En Russie, l'emprise de l'Etat était telle qu'au moment de la révolution, on a pensé qu'avec la monarchie tombait aussi l'Eglise. Il n'en a rien été pourtant. Les moines des couvents fermés sont entrés dans la vie comme hommes libres. Ils rayonnent par leur silence. C'est cette liberté qu'il faut retrouver avant tout. Les persécuteurs, les camps mettent les chrétiens hors la loi. Avec quelle rapidité et aisance cette situation libère de toute sociologie.

« Cherchez le Royaume de Dieu » contient le plus grand paradoxe : il faut trouver ce qui ne se trouve pas dans le monde : l'éternel dans le temps, l'absolu dans le relatif. Comment faire ? De tout « *avoir* » passer à l'« *être* ». « Bienheureux les pauvres d'esprit », cela ne signifie-t-il pas : bienheureux ceux qui ne sont pas propriétaires, possesseurs de l'esprit, mais bienheureux ceux qui sont devenus esprit, qui sont esprit ? Eux seulement deviennent le vrai scandale pour le monde, scandale pour l'Eglise — puissance du message.

Devenir esprit c'est vivre déjà l'Autre, c'est être déjà l'Autre — c'est l'expérience eschatologique : le Royaume de Dieu redevient immanent à l'homme.

Toute activité humaine : culture, art, pensée ou action sociale possède bien sa signification religieuse, mais toujours débordant hors de l'histoire. A leur sommet, toutes ces formes, à la mesure de leur pureté, expriment leur valeur non pas en soi, mais en se dépassant, et deviennent symboles, signes, flèches de feu qui indiquent la venue du plus grand, le règne du Père. La solution intégrale de l'histoire et de toute existence est en dehors. Celui qui fait l'histoire la conduit hors de ses cadres. La tâche historique postule « l'accomplissement » de la culture et de l'histoire, mais comme figure du Royaume de Dieu, comme son icône. En face d'une installation ultime dans l'histoire et dans la matière, un prêtre en Russie soviétique, à la question : « Quel est le problème de la spiritualité russe orthodoxe actuelle ? » a répondu : « *La Parousie.* » L'Eglise n'atteint sa plénitude historique qu'en préparant le retour du Christ — l'évangélisation qu'en s'insérant dans cette perspective.

Cela suggère la solution du grave problème du *style chrétien*. Jadis le style par tous les détails de la vie courante exprimait la spiritualité de l'époque. Nous vivons dans un temps différent. Il est l'heure historique de refléter non pas l'époque, mais, par-dessus toute forme empirique, l'Autre, par la légèreté, par le détachement, par l'immense liberté de posséder toutes choses, comme ceux qui ne les possèdent pas. C'est le style apocalyptique qui met sur tout son sceau invisible, mais d'autant plus sensible. Le roi Midas transformait tout ce qu'il touchait en or. Un chrétien par son attitude intérieure peut rendre toutes choses légères, les transformer en icônes, images de leur vérité. Le style, une fois devenu authentiquement catégorie spirituelle, agira à lui seul plus efficacement que les sermons. C'est uniquement sous ce climat de liberté que le sens missionnaire du laïcat pourrait se forger.

La signification immense des prêtres et des pasteurs qui vont dans les usines ou les fermes n'est point dans l'abandon du sacerdoce, mais dans l'expression de leur liberté à l'égard de toute détermination, de tout mythe, de tout complexe. Même dans la lutte bien empirique, ils sont au-dedans et au-dessus. La foi devient source de toute tâche et ainsi transforme tout travail en ministère prophétique. C'est la prophétie par la vie — la forme peut-être la plus puissante du message. « J'ai mis devant toi la vie et la mort » (Dt 30, 15). Mais le démonisme du monde fait son choix d'avance. Combien souvent l'homme écarte le message parce qu'il a peur de changer sa vie, parce qu'il craint les exigences du transcendant, et dans son isolement ne trouve aucun soutien.

Une communauté chrétienne, quand elle est vraie, s'enfonce comme une écharde dans le corps du monde, s'impose comme signe, parle au monde en tant que lieu où l'homme rencontre Dieu; où le monde converse avec le fait chrétien; où l'homme vient, voit et vit; en tant que lieu de la présence chrétienne dans le service du monde.

Les gens d'Eglise possèdent-ils la science honnête du milieu social et des conditions humaines concrètes, l'intelligence suffisamment humaine pour dire à tout homme quel est le sens exact de son existence, de son travail, de sa place dans le monde ?

On ne s'improvise pas messager. Approcher un homme, l'homme moderne, est un art. L'essentiel est dans ce pouvoir merveilleux de se transporter à sa place, de regarder le monde avec ses yeux, d'apprécier les choses avec ses goûts et lentement de faire remonter à la surface ce qui est en sommeil : la communion, de s'effacer et de laisser le Christ parler.

Si souvent, telle construction théologique, formule abstraite, tombe en miettes en face d'un criminel, d'un mort, d'une solitude !

J'ai vu des hommes gris, sales et laids — comme une vieille pierre précieuse dont on enlève la couche de poussière et qu'on laisse un instant reposer dans la chaleur vivante au creux de la main — éclater brusquement en jets de lumière.

Tout homme derrière la façade des objections intellectuelles, du cynisme ou de l'indifférence, cache son isolement, le besoin d'une présence.

Recevoir le Christ, le « boire » et le « manger » et ensuite cheminer dans le monde comme le sacrement vivant, comme la Sainte Cène en vie, en marche. C'est à travers l'homme — même s'il se tait — que le Christ parlera de nouveau au monde, se donnera en nourriture aux hommes.

Les Pères de l'Eglise savaient concilier la connaissance universelle du monde avec la vie en Christ au point que pour eux *tout était Christ*, avec le souffle d'une authentique catholicité ; ils savaient faire de la théologie en y transportant l'expérience directe de l'Eglise ; ils savaient le secret de consommer leur propre existence à la manière eucharistique.

S'il est bon de rendre les athées moins sûrs de l'inexistence de Dieu, il est bon aussi de rendre les théologiens moins sûrs de leurs spéculations. Il serait même fortement intéressant de voir dans les facultés de théologie une chaire d'athéisme qui rendrait les théologiens moins gratuits dans leurs affirmations trop sommaires, plus sensibles à l'homme concret, souffrant et dont l'accès vers le Christ si souvent est obstrué par le fatras spéculatif. On ne perfectionne pas le chauffage pendant l'incendie, on ne s'installe pas dans le secondaire au moment où le monde s'écroule. Toutes nos forces créatrices doivent se centrer pour faire lever toute une génération dans l'immense joie de la libération, joie du serviteur, joie de l'ami de l'Epoux.

Et si le moment vient de se trouver évincé de la vie sociale, il faut que cette génération mûrisse déjà pour être celle des « confesseurs », génération capable, comme disait jadis si magnifiquement la lettre sur les martyrs de Lyon, de « converser avec le Christ ».

La tâche *historique* n'est pas la recherche des formes du christianisme primitif, mais de son *Maran atha* — « Viens, Seigneur » —, l'union avec l'Eglise de la dernière heure. C'est cette heure qui rend actuelles les autres, qui rend actuel le message chrétien.

LEXIQUE

ANAMNÈSE : « Mémorial » des grands mystères du salut (Passion, Résurrection, glorification et second avènement du Seigneur) au cœur de la liturgie eucharistique. C'est non seulement le rappel, mais l'actualisation d'une réalité présente dans le Christ glorifié qui récapitule tous les temps et nous ouvre l'éternité.

APOCATASTASE : L'*apocatastasis tôn apantôn* (Ac 3, 21) désigne la restauration en plénitude de toutes choses au retour du Christ. Origène et plusieurs Pères grecs et latins ont vu ici la promesse du salut universel, y compris pour les damnés et les démons. Condamnée au Ve siècle comme certitude doctrinale, cette thèse a été assumée dans l'espérance et la prière par la spiritualité de l'Orient chrétien.

APOPHASE : « Montée », « ascension » vers l'union déifiante. La démarche apophatique est d'abord une théologie négative, « inconnaissance » adorante inséparable de l'ascèse et de la prière. Elle culmine avec l'antinomie de l'Abîme et de la Croix, révélation de l'amour sans limites.

DOXOLOGIE : Formule liturgique de louange et de glorification ; en grec chrétien, *doxa* signifie « doctrine » et aussi « gloire ». Ainsi le mot « orthodoxie » signifie « juste glorification » et tout dogme orthodoxe a un caractère doxologique.

EPECTASE : Expression employée surtout par saint Grégoire de Nysse pour désigner la plénitude dynamique de la communion avec Dieu, et donc avec le prochain.

Plus Dieu emplit l'âme de sa présence (ce que marque le préfixe *épi*), plus il lui apparaît comme l'Inconnu, le « toujours cherché » (ce que marque le préfixe *ék*).

EPICLÈSE : « Imploration » prononcée par le prêtre et scellée par l'*amen* des fidèles pour que l'Esprit descende sur le pain et le vin ainsi que sur l'assemblée, intégrant celle-ci, par la communion, dans le Corps du Christ glorifié. Cette prière constitue le point culminant de la liturgie eucharistique et se retrouve dans toute action sacramentelle. Par extension, le mot désigne l'action de l'Esprit manifestant le Christ.

ESCHATON : La réalité « ultime », définitive, celle du Christ « Adam définitif » *(eschatos Adam)*. Secrètement présente dans l'Eglise comme sacrement du Ressuscité, elle se manifestera pleinement au « retour » du Christ.

FOLIE POUR LE CHRIST : Forme de sainteté très répandue dans l'Orient chrétien, mais qui n'est pas sans exemples en Occident : saint Alexis le Romain, saint François d'Assise. Le fou pour le Christ vit jusqu'au bout le monde à l'envers des Béatitudes, la « folie de la Croix », de sorte qu'il semble insensé et subit les pires humiliations. Comme en bouffonnant, il prophétise, éveille, manifeste les dons les plus hauts de l'Esprit.

HÉSYCHIA, HÉSYCHASME : L'*hésychia* désigne le « silence », la « paix » de l'union avec Dieu. L'hésychasme est une méthode ascétique et mystique qui utilise l'invocation du Nom de Jésus et cherche à « faire descendre » l'intelligence dans le cœur pour reconstituer le « cœur-esprit », organe de la connaissance de Dieu.

HYPOSTASE : C'est le mot retenu par les Pères grecs pour désigner les Personnes de la Trinité et, à leur image, les personnes humaines. Les hypostases ne sont pas seulement semblables, mais identiques en leur essence, soit « consubstantielles ».

MÉTANOÏA : Repentir au sens fort, c'est-à-dire retournement du *noûs*, ce terme désignant la conscience, l'esprit considérés comme le centre d'intégration de tout l'être humain, le point où celui-ci peut se fermer ou s'ouvrir à Dieu et aux autres hommes. Dans l'ascèse du chris tianisme oriental, le *noûs* est très proche du *cœur*. E la *métanoïa* transforme le « cœur de pierre » en « cœu de chair ».

MONOPHYSISME : Hérésie christologique, condamnée au v° siècle, qui ne voyait en Christ qu'une seule nature, la divinité, revêtue d'une apparence d'humanité.

NEPSIS, NEPTIQUE : Dans le vocabulaire du Nouveau Testament et dans l'ascèse orientale, le *nepsis* désigne la vigilance, l'état d'éveil et inclut une nette dimension eschatologique (voir ci-dessus, p. 176). Les grands ascètes ont donc reçu le nom de Pères neptiques.

NESTORIANISME : Hérésie christologique, condamnée au v° siècle, et dont le nom d'rive de celui de Nestorius, un temps archevêque de Constantinople. Elle aboutit à rompre l'unité du Christ en détachant son humanité de sa divinité.

PLÉRÔME : Plénitude, accomplissement. En Christ, l'Eglise est appelée à réaliser le plérôme de l'humanité (voir Ep 1, 23).

PHILOCALIE : Voir ci-dessous, p. 182.

STARETS, pluriel STARTSI : Mot russe correspondant au grec *géronda* qui signifie « ancien » ; il désigne un spirituel ayant reçu le don de discerner les esprits, et tenant ainsi le rôle de « père spirituel ».

SYNAXE, SYNAXAIRE : La synaxe est l'assemblée, le rassemblement des fidèles pour la célébration liturgique. Le synaxaire ou ménologe contient en abrégé le récit de la vie des saints célébrés aux différents jours de l'année.

THÉOSIS : « Déification. » En Christ, dans l'Esprit Saint, l'homme reçoit la grâce de l'adoption, il est appelé à vivre « à la manière » de Dieu, dans une communion qui participe à l'existence trinitaire. Tout son être, y compris son corps, est pénétré par les énergies divines, la « lumière incréée » qui jaillit du Père, par le Fils, dans le Saint Esprit.

TROPAIRE : Strophe, rythmée par l'accent tonique, d'un « canon », vaste composition liturgique par laquelle on célèbre, dans l'office des matines, la signification spirituelle du jour.

INDEX DES PERSONNAGES CITÉS

BERDIAEV (Nicolas): Le plus grand des philosophes religieux russes de ce siècle (1874-1948). Marxiste, puis chrétien, il accepta la révolution de 1917, mais fut expulsé en 1922. Fixé à Paris, il y devint l'un des inspirateurs du mouvement personnaliste. Sa pensée met l'accent sur la liberté tragique de l'homme, la faiblesse paradoxale de Dieu, le sens religieux de l'acte créateur. Parmi ses ouvrages, voir *L'Idée russe*, Mame, Paris, 1969. On peut consulter P. Evdokimov, *Le Christ dans la pensée russe*, éd. du Cerf, Paris, 1970, p. 161-172.

CALLISTE: Moine au mont Athos à la fin du XIV° siècle, il devint patriarche de Constantinople en 1397. On lui doit une *Règle à l'intention des hésychastes* et un traité *Sur la prière*, deux classiques de la littérature spirituelle de l'Orient chrétien. Voir la *Petite Philocalie de la prière du cœur*, trad. J. Gouillard, éd. du Seuil, Paris, coll. « Livre de vie », p. 211-217.

DIADOQUE DE PHOTICÉ: Evêque de Photicé, en Epire, au milieu du V° siècle. Ses *Cent chapitres sur la perfection spirituelle* accordent une grande place au « sens du cœur » et à l'expérience de la « plénitude ». Voir la *Petite Philocalie*, p. 57-69. On peut lire en traduction ses *Œuvres spirituelles*, éd. du Cerf, Paris, 1954, coll. « Sources chrétiennes ».

EPHREM LE SYRIEN: Diacre de l'Eglise syrienne (306-373). Ecrivain abondant, surtout poète, surnommé la « cithare du Saint Esprit ». Sa pensée marquée par la culture sémitique est riche d'images et de symboles avec un intérêt particulier pour l'eucharistie perçue comme « feu et Esprit ». Il a exercé une grande influence sur les liturgies syriaque et byzantine. On trouve quelques-uns de ses textes dans *Prières des premiers chrétiens*, Fayard, Paris, 1952, p. 262-266.

ÉVANGILE SELON THOMAS : Evangile apocryphe dont on a retrouvé le texte intégral en Egypte en 1945. Recueil composite de « paroles cachées » de « Jésus le vivant » : certaines qui nous étaient déjà connues par les Pères de l'Eglise semblent authentiques, mais la plupart proviennent d'écrits gnostiques. On en trouve la traduction complète dans Jean Doresse, *Les Livres secrets des gnostiques d'Egypte*, t. II : *L'Evangile selon Thomas...*, Plon, Paris, 1959.

ÉVAGRE LE PONTIQUE : Moine en Egypte, mort en 399 ; très marqué par les spéculations origénistes, il formule avec beaucoup d'ampleur et de pénétration la voie mystique. Condamné au v* siècle comme origéniste ; la tradition spirituelle lui a rendu son importance majeure sous le nom de Nil. Voir la *Petite Philocalie*, p. 37-45. L'essentiel de son œuvre a été traduit dans I. Hausherr, *Les Leçons d'un contemplatif, le traité d'oraison d'Evagre le Pontique*, Paris, 1960.

FOUS POUR LE CHRIST, FOLS EN CHRIST : Voir ci-dessus, p. 176.

GRÉGOIRE PÀLAMAS : Moine au mont Athos et archevêque de Thessalonique (1296-1359). Véritable Père de l'Eglise auquel on doit une puissante synthèse théologique qui justifie, contre les attaques rationalistes, le réalisme de la déification et l'expérience transfigurante de la « lumière incréée ». A cette intention il distingue en Dieu entre l'essence inaccessible et les énergies participables : « Tout entier Il est participé, et tout entier imparticipable. » Voir la *Petite Philocalie*, p. 198-210 et Jean Meyendorff, *Saint Grégoire Palamas et la mystique orthodoxe*, éd. du Seuil, Paris, 1959, coll. « Maîtres spirituels ».

INDEX DES PERSONNAGES

Isaac le Syrien : Evêque de Ninive au VIIe siècle. C'est l'un des plus grands spirituels de l'Orient chrétien et ses textes sont d'une brûlante actualité. Il insiste sur le caractère existentiel de la connaissance de Dieu, sur l'amour sans limites qui atteint son sommet dans la prière pour le salut universel. Voir la *Petite Philocalie*, p. 77-85.

Jean Climaque : Né avant 579, mort vers 649. Moine au Sinaï pendant un demi-siècle. Il a écrit *l'Echelle du Paradis* d'où il tire son surnom, le mot grec *klimax* désignant une « échelle » ; cet ouvrage est une véritable somme de l'ascèse monastique. Il évoque la « garde du cœur » réalisée par une constante remise en mémoire du nom de Jésus, nom qui doit être « collé à la respiration ». Voir la *Petite Philocalie*, p. 86-93.

Macaire le Grand : Les cinquante homélies attribuées par la tradition à Macaire, moine d'Egypte au IVe siècle, et dont l'auteur nous reste inconnu, sont l'une des principales sources de la spiritualité de l'Orient chrétien. L'accent, très biblique, est mis sur la connaissance par le « cœur » et sur la transfiguration réelle par la grâce incréée. Voir la *Petite Philocalie*, p. 46-56.

Maxime le Confesseur : Moine de haute culture (env. 580-662), réduit à errer quand l'Islam submergea le Proche-Orient. En luttant contre les formes ultimes du monophysisme, il scella de sa souffrance et de sa mort la première synthèse théologique proprement byzantine. Synthèse christique qui insiste sur la liberté personnelle de l'homme et sur la déification comme « manière d'être » à l'image de l'amour sacrificiel. Voir *Saint Maxime le Confesseur, Le Mystère du salut*, trad. et prés. par A. Argyriou, éd. du Soleil levant, Namur, 1964.

Nicolas Cabasilas : Théologien laïc, humaniste mêlé à la classe politique de Byzance (env. 1320-1390). Il a commenté la « divine liturgie », c'est-à-dire la liturgie eucharistique, et développé une admirable spiritualité du laïcat fondée sur une éthique sacramentelle et sur une méditation du salut par l'amour, aux accents proches de Dostoïevski. On dispose d'une traduction de *La Vie en Jésus-Christ*, Irénikon, Chevetogne, 1960.

Païssius le Grand : Un des Pères du désert (voir ci-dessous).

Pakhôme : Une des plus puissantes figures du monachisme originel en Egypte (287-346). Le premier, il organisa les moines en communautés hiérarchisées et dotées d'une règle. Voir Placide Deseille, *l'Esprit du monachisme pachômien*, suivi de la trad. des *Pachomia latina*, abbaye de Bellefontaine (49. Bégrolles), coll. « Spiritualité orientale ».

Pères du désert : Fondateurs et témoins du monachisme originel aux IIIe et IVe siècles dans les déserts d'Egypte et de Syrie. Les brèves sentences ou *apophtegmes* attribuées à ces pères spirituels n'ont cessé de féconder la spiritualité chrétienne. Voir *Les Apophtegmes des Pères du désert*, trad. J.-C. Guy, abbaye de Bellefontaine (49. Bégrolles), coll. « Spiritualité orientale ».

Pères neptiques : Voir ci-dessus, p. 177.

Philocalie : Mot à mot, signifie « amour de la beauté » de Dieu et de l'homme sanctifié. Désigne, dans l'Orient chrétien, tout recueil de textes ascétiques et mystiques. La principale Philocalie, préparée par saint Nicodème l'Hagiorite, a paru à Venise en 1782. Voir la *Petite Philocalie de la prière du cœur*, trad. J. Gouillard, éd. du Seuil, Paris, coll. « Livre de vie ».

Séraphin de Sarov : Ce saint russe (1759-1833) est comme l'icône de la spiritualité orthodoxe : il récapitule toutes les formes passées de celle-ci et lui ouvre des voies nouvelles axées sur la transfiguration par l'Esprit et le témoignage de celui-ci au cœur du monde. Voir P. Evdokimov, « La Sainteté dans la tradition de l'Eglise orthodoxe », p. 160-180, dans *Contacts*, n° 73-74, 1er sem. 1971 (n° spécial consacré à *Paul Evdokimov, témoin de la beauté de Dieu*).

INDEX DES PERSONNAGES

SYMÉON LE NOUVEAU THÉOLOGIEN : Ce moine, supérieur d'un monastère de Constantinople (917-1022), est le type de l'« homme apostolique » qui ne spécule pas, mais exprime une expérience personnelle. Il a célébré la rencontre existentielle du Ressuscité dans la lumière de l'Esprit. L'accent, prophétique, est mis sur la nécessité de l'illumination spirituelle et sur le ministère charismatique du père spirituel. On trouve en traduction presque toutes ses œuvres aux éditions du Cerf, coll. « Sources chrétiennes ».

THÉODORE LE STUDITE : Abbé du fameux monastère du Stoudios à Constantinople (758-826). Il en accentua le style communautaire dont l'influence se répandit dans toute l'orthodoxie. Défenseur du mystère de l'icône au temps de la crise iconoclaste.

SOURCES

Différents chapitres de ce livre ont paru sous forme d'articles dans des revues, dont on trouvera ci-dessous les références :

« L'amour fou de Dieu et le mystère de son silence », dans *Œcumenica, Jahrbuch für ökumenische Forschung*, 1969, p. 287-302.

« L'expérience mystique à la lumière de la tradition orientale », dans *Bulletin saint Jean-Baptiste*, t. VI, 1966, p. 227-241.

« La paternité spirituelle », dans *Contacts*, t. XIX, 1967, p. 100-107.

« Le mystère de l'au-delà dans la tradition orthodoxe », dans *Bulletin saint Jean-Baptiste*, t. VIII, 1968, p. 311-323.

« La culture à la lumière de l'orthodoxie », dans *Contacts*, t. XIX, 1967, p. 10-34.

« La dialectique de la liberté et de l'autorité », dans *Klêronomia* (Thessalonique), t. II, 1970, p. 259-271.

« Message aux Eglises », dans *Dieu vivant*, 1950, n° 15, p. 31-42.

TABLE

Paul Evdokimov, par Luce Giard . . 7
I. L'amour fou de Dieu et le mystère de son silence 11
II. L'expérience mystique 41
III. L'homme nouveau 63
IV. Starets et père spirituel. 81
V. De la mort à la vie 91
VI. La culture et la foi 109
VII. Liberté et autorité. 139
VIII. Aux Eglises du Christ 159

Lexique. 175
Index des personnages cités 179
Sources. 185

IMPRESSION : HÉRISSEY À ÉVREUX
DÉPÔT LÉGAL : FÉVRIER 1997 – N° 31202 (75751)

Livre de vie

1. *Vie de Jésus*, par François Mauriac (de l'Académie française)
3. *La Nuit privée d'étoiles*, par Thomas Merton
4. *La Harpe de saint François*, par Félix Timmermans
5. *En mission prolétarienne*, par Jacques Loew
8. *Manuscrits autobiographiques*
   par sainte Thérèse de l'Enfant Jésus
9. *La Messe, approches du Mystère*, par Aimon-Marie Roguet
10. *Bernadette*, par Marcelle Auclair
11. *Problèmes de l'unité chrétienne*, par Roger Aubert
12. *L'Imitation de Jésus-Christ*
14. *Initiation à la prière*, par Romano Guardini
15. *Le Chemin de la perfection*, par sainte Thérèse d'Avila
22. *Introduction à la vie dévote*, par saint François de Sales
23. *Aspects de l'Église*, par Yves de Montcheuil
28. *Les Sacrements*, par Aimon-Marie Roguet
30. *La Bible et l'Évangile*, par Louis Bouyer
31. *Fioretti*. Suivi de : *Considérations sur les stigmates*
    par saint François d'Assise
32. *Essor ou Déclin de l'Église*, par Emmanuel Suhard (cardinal)
34. *Vie de Charles de Foucauld*, par Jean-François Six
35. *Correspondance* (P. Claudel, J. Rivière 1907-1914)
    par Paul Claudel et Jacques Rivière
36. *Dieu et Nous*, par Jean Daniélou (de l'Académie française)
39. *Celui qui cherchait le soleil*, par Henri Queffélec
42. *Journal d'une mission ouvrière*, par Jacques Loew
44. *Le Nouveau Testament*, par Émile Osty et Joseph Trinquet
45. *Sur la terre comme au ciel*, Théâtre, par Fritz Hochwalder
47. *La Lecture chrétienne de la Bible*, par Célestin Charlier
48. *Annonce de Jésus-Christ*, par Jean-Claude Barreau
50. *Vie du père Lebbe*, par Jacques Leclercq
52. *Initiation chrétienne*, par Louis Bouyer
53. *Pour une théologie du travail*
    par Marie-Dominique Chenu
57. *Pauvre et Saint Curé d'Ars*, par Daniel Pezeril
58. *La Prière du Seigneur*, par Romano Guardini

62. *Hymne de l'Univers,* par Pierre Teilhard de Chardin
63. *Récits d'un pèlerin russe*
65. *Éléments de doctrine chrétienne,* t. 1, par François Varillon
66. *Éléments de doctrine chrétienne,* t. 2, par François Varillon
68. *Pour une politique évangélique,* par Jean-Marie Paupert
70. *Lettres et Carnets,* par Charles de Foucauld
73. *Récits du temps de Pâques,* par Henri Queffélec
74. *Action, marche vers Dieu,* par Louis-Joseph Lebret
77. *Vie de sainte Thérèse d'Avila,* par Marcelle Auclair
82. *Je reste un barbare,* par Roger Boutefeu
86. *Les Paraboles de Jésus,* par Joachim Jérémias
88. *L'Engagement de la foi,* par Emmanuel Mounier
89. *Car ils seront consolés,* par Jeanne Ancelet-Hustache
92. *Histoire de Jésus,* par Arthur Nisin
93. *Évangéliaire,* Poésie, par Pierre Emmanuel
94. *Jésus de Nazareth le charpentier,* par Paul Gauthier
95. *Les Pères grecs,* par Hans von Campenhausen
96. *Les Pères latins,* par Hans von Campenhausen
97. *La Troisième Révolution. Psychanalyse et religion,* par Karl Stern
98. *L'Image de Jésus-Christ dans le Nouveau Testament*
    par Romano Guardini
99. *Petit Dictionnaire de théologie catholique*
    par Karl Rahner et Herbert Vorgrimler
100. *Une morale pour notre temps,* par Marc Oraison
101. *La Foi d'un païen,* par Jean-Claude Barreau
103. *Révolution dans la paix,* par Helder Camara
104. *Carnet de route,* par Jean Ploussard
105. *Les Chiffonniers d'Emmaüs,* par Boris Simon
107. *Nous autres, gens des rues*
    (textes missionnaires présentés par Jacques Loew)
    par Madeleine Delbrêl
108. *Comment se pose aujourd'hui le problème de l'existence
    de Dieu,* par Claude Tresmontant
111. *Je crois en Jésus-Christ aujourd'hui,* par André Manaranche
112. *Histoire de la mystique,* par Hilda Graef
113. *Le Milieu divin. Essai de vie intérieure*
    par Pierre Teilhard de Chardin
114. *La Montée du Carmel,* par saint Jean de la Croix
115. *Le Mystère humain de la sexualité,* par Marc Oraison

116. *Initiation à l'Évangile*, par Aimon-Marie Roguet
117. *L'Essentiel de la foi*, par Max Thurian
118. *Morale de l'Évangile*, par Charles-Harold Dodd
119. *Jésus*, par Jean-François Six
120. *Lettre à un religieux*, par Simone Weil
121. *Les Manuscrits de la mer Morte*
    par Jean Daniélou (de l'Académie française)
122. *La Prière de Jésus*, par un moine de l'Église d'Orient
123. *Jeanne d'Arc par elle-même et par ses témoins*
    par Régine Pernoud
124. *Vie de Thérèse de Lisieux*, par Jean-François Six
125. *La Prédication apostolique et ses développements*
    par Charles-Harold Dodd
126. *Mère Teresa de Calcutta*, par Malcolm Muggeridge
127. *Dynamique du provisoire*, par Roger (frère de Taizé)
128. *Le désert est fertile*, par Helder Camara
129. *Attente de Dieu*, par Simone Weil
130. *Amour et Silence*, par un Chartreux
131. *Dictionnaire du Nouveau Testament*, par Xavier Léon-Dufour
132. *La Joie du don*, par Mère Teresa de Calcutta
    (prix Nobel de la paix)
133. *Alcide. Guide simple pour simples chrétiens*
    par Madeleine Delbrêl
134. *L'Espérance qui est en nous*, par Dimitri Doudko
135. *L'Enseignement de Ieschoua de Nazareth*
    par Claude Tresmontant
136. *Jésus, simples regards sur le Sauveur*
    par un moine de l'Église d'Orient
137. *Le Fondateur du christianisme*
    par Charles-Harold Dodd
138. *Votre très humble serviteur Vincent de Paul*
    par André Frossard
139. *La Joie par l'Évangile*, par Marcelle Auclair
140. *Laissez-vous saisir par le Christ*, par Albert Peyriguère
141. *La Joie de croire*, par Madeleine Delbrêl
142. *Sur la souffrance*, par Pierre Teilhard de Chardin
143. *L'École de la prière*, par Antoine Bloom
144. *Douze Sermons sur le Christ*
    par John Henry Newman

145. *Présence à Dieu et à soi-même*
    par François de Sainte-Marie
146. *Traité de l'amour de Dieu. Livres I à VI*
    par Saint François de Sales
147. *Traité de l'amour de Dieu. Livres VII à XII*
    par Saint François de Sales
148. *Les Femmes de l'Évangile*, par France Quéré
149. *La Messe*, par le cardinal Jean-Marie Lustiger
150. *Écrits spirituels*, par Élisabeth de la Trinité
151. *Traité de la vraie dévotion à la Sainte Vierge*
    par saint Louis-Marie Grignon de Montfort
152. *Élisabeth de la Trinité*
    par Hans Urs von Balthasar
153. *L'Amour fou de Dieu*, par Paul Evdokimov
154. *L'Expérience de l'amour fou de Dieu*
    par Laurent de la Résurrection